国韵小小说

火烧赤壁

中华传统军事小说十六篇

上海图书馆 编

生活·讀書·新知 三联书店

Copyright © 2018 by SDX Joint Publishing Company
All Rights Reserved.
本作品版权由生活·读书·新知三联书店所有。
未经许可,不得翻印。

图书在版编目(CIP)数据

火烧赤壁:中华传统军事小说十六篇/上海图书馆编.
—北京:生活·读书·新知三联书店,2018.1
(国韵小小说)
ISBN 978 - 7 - 108 - 06154 - 6

Ⅰ.①火… Ⅱ.①上… Ⅲ.①小小说 - 小说集 - 中国 - 现代 Ⅳ.①I246.8

中国版本图书馆 CIP 数据核字(2017)第 280122 号

责任编辑	成 华 王婧娅
封面设计	刘 俊
责任印刷	黄雪明
出版发行	生活·讀書·新知 三联书店
	(北京市东城区美术馆东街22号)
邮 编	100010
印 刷	常熟高专印刷有限公司
版 次	2018 年 1 月第 1 版
	2018 年 1 月第 1 次印刷
开 本	650 毫米×900 毫米 1/16 印张 12
字 数	104 千字
定 价	29.00 元

编者的话

近一百年前,一批通俗浅近、装帧精美的"口袋书"陆续面世,是为"小小说"系列。其内容多依托古典小说名著改编,文字浅显,材料活泼,更有鲜明悦目的精美封面助人兴味,既可供文学爱好者品味消遣,亦是学校教育、家庭教育、民众教育的流行读本。惜历时久远,今多已散佚。

为"复活"这批优秀的传统文化读物,特搜集上海图书馆所藏共九十余种"小小说",略据内容分为六册,凡军事、历史、武侠、志怪、世情,涵盖各种类型,集中展现了我国古典白话小说的发展水平与艺术特色。

为便于读者阅读,现将原书的竖排繁体转为横排简体,修正了其中的漏字、错字、异体字,并根据现代汉语语言规范对标点符号进行了统一处理。必须说明的是,编者仅就明显的语言错误做出修正,在文从字顺的前提下,尽可能保留了特定时代的语言风格。

当然,也由于时代的局限,书中存在一些与当今理念相悖之处,考虑到还原作品原貌,均视作虚构文学素材予以保留。读者阅读此书,当能明辨。

175	活捉孙飞虎
164	大破洛阳城
153	五龙阵
141	飞虎将军
130	混世魔王
118	草木皆兵
106	火烧葫芦谷
94	七擒孟获

目录

1　灌晋阳

13　火牛阵

24　乌江自刎

35　过五关

48　火烧博望坡

58　长坂坡

69　火烧赤壁

82　战猇亭

灌晋阳

国韵小小说

灌晋阳

东周之时，五霸为盛，五霸之后，晋国最强。晋国向有六卿曰范氏、曰中行氏、曰智氏、曰赵氏、曰魏氏、曰韩氏，同掌军政。自范氏、中行氏灭后，存智氏、赵氏、魏氏、韩氏四卿。至晋出公之世，四卿日益专横，藐视公室，私自立议，各择公家之地，以为封邑，而晋君之地，反少于四卿。四卿之中，以智氏为最强，故大权悉归诸智氏。智氏名瑶，号为智伯。其他三家赵简子名鞅，韩康子名虎，魏桓子名驹，皆畏惮之。

一日，智伯宴请赵鞅，鞅偶患疾，使适子无恤代往。智伯以酒灌无恤，无恤不能饮，智伯醉而怒，以斝投无恤面，面伤出血。赵氏将士欲攻智伯，无恤曰："此小事，吾姑忍之。"智伯反言无恤之过，欲赵鞅废之，鞅不从，无恤自此与智伯有隙。及至赵鞅病笃，谓无恤曰："异日晋国有难，惟晋阳可守，汝其记之。"言讫而卒。无恤嗣位，是为赵襄子。晋出公愤四卿之专，密使乞兵于齐鲁，以伐四卿。智伯知之，大怒，与韩虎、魏驹、赵无恤，合四家之众，反攻出公。出公出奔于鲁，智伯别立晋君，是为哀公。此时智伯内有智开、智国等手足之亲，外有絺疵、豫让忠谋之士，权尊势重，遂有代晋之志，召诸臣密议其事。谋士絺疵进曰："四卿势均力敌，一家先发，三家拒之。

今欲谋晋室,须先削三家之势。"智伯曰:"将何策以削之?"缔疵曰:"方今越国正盛,晋失主盟。公可托言兴兵伐越,假传晋侯之命,令韩、赵、魏各献地百里,取其赋税为军资。三家若从命割地,我坐增三百里之封,而三家日削矣。有不从者,假晋君之命,率大军先除灭之。此食果去皮之法也。"智伯曰:"此计甚妙,但从哪一家割起?"缔疵曰:"智氏睦于韩魏,而与赵有隙。宜先韩次魏,韩魏既从,赵不能独异也。"智伯即遣智开往见韩虎曰:"吾兄奉晋侯之命治兵伐越,令三卿各割采地百里入于公家,取其赋以充公用,愿乞地界即日回复。"韩虎曰:"子且暂回,来日报命。"智开去后,韩虎召集群下谋曰:"智瑶欲挟晋侯以弱三家,故请割地为名。吾欲兴兵先除此贼,卿等以为何如?"谋士段规曰:"智伯贪而无厌,假君命以削吾地,其势不可抗,不如与之。彼得吾地,必又求于赵魏,赵魏不从,必相攻击。吾得安坐而观其胜负。"韩虎然之。次日,令段规出地界百里之图,亲自进于智伯。智伯大喜,设宴以款韩虎。酒至数巡,智伯命左右取一画轴置于几上,同虎观之,乃卞庄子刺三虎之图也。智伯戏谓韩虎曰:"昔日列国中,有与足下同名者,齐有高虎,郑有罕虎,今得足下而三矣。"时段规在侧,见智伯有意戏侮其主,因进曰:"礼不呼名。今君戏吾主,毋乃太甚。"段规身材矮小,立于智伯之旁,仅及乳下。智伯以手拍其顶曰:"小儿何知,亦来多言。三虎所啖之余,得非汝耶。"言毕,拍手而笑。段规不敢对,以目视韩虎。虎佯醉,闭目应曰:"智伯之言是也。"即时辞去。智国闻之,谏曰:"公戏其君,侮其臣,韩氏之恨深矣。若不备之,祸恐将至。"智伯瞋目大呼曰:"我不祸人足矣,谁敢兴祸于我?"智国叹息而出。

次日,智伯再遣智开求地于魏驹。驹密与谋臣任章计议,意欲拒之。任章曰:"失地者必惧,得地者必骄。骄则轻敌,惧则相亲。以相亲之众,待轻敌之人,智氏之亡可待矣。"魏驹曰:"善。"亦以百里地献之。智伯又遣其兄智宵求地于赵氏。赵无恤衔其旧恨,怒曰:"土地乃先世所传,安敢弃之?韩魏有地相献,吾不能媚人也。"智宵回报,智伯大怒,大出兵甲。使人邀韩魏二家共攻赵氏,约以灭赵之日,三分其地。韩魏二家,一来惧智氏之强,二来贪赵氏之地。各引一军,从智伯进攻赵氏。智伯自将中军,韩虎在右,魏驹在左,杀奔赵府中来,欲擒无恤。赵氏谋臣张孟谈预先得信,奔告无恤曰:"寡不敌众,公宜速逃。"无恤曰:"逃至何处方好?"张孟谈曰:"莫如晋阳。昔董安于守晋阳,曾筑宫于城内,修治城池,极其坚固。又经尹铎一番治理,百姓受数十年宽恤之恩,必能效死。况先君临终有言'异日国家有变,惟晋阳可恃',公宜速行,不可迟疑。"无恤即率张孟谈及一班家臣往晋阳疾走。奔至晋阳,百姓扶老携幼迎接入城。无恤见百姓亲附,又见晋阳城垣高固,仓廪充实,心中稍安。即时晓谕百姓,登城守望。检阅军器,亦皆齐备,人心益安。

无恤叹曰："甚哉,治国之需贤臣也。得董安于而器用备,得尹铎而民心归。此天所以存赵氏乎?"

再说,智韩魏三家兵至晋阳,把晋阳城围得铁桶似的。晋阳军民情愿出战,齐来请令。无恤召张孟谈商之,孟谈曰:"彼众我寡,战未必胜,不如坚守不出,以待其变。韩魏无仇于赵,特为智伯所迫耳,况两家割地,亦非心中所愿,虽同兵而实不同心。不出数月,必有自相猜疑之事,安能久乎?"无恤从其计,遂亲自抚谕军民,协力固安,三家围城数月不能取胜。智伯乘小车周行城外观察地势,叹曰:"此城坚如铁瓮,安可破哉?"正怀闷间,行至一山,见山下泉流滚滚,向东而逝。拘土人问之,答曰:"此山名龙山,晋水东流与汾水合,此山乃水之发源处也。"智伯曰:"龙山离城几何?"土人曰:"自此至城西门,约十里之遥。"智伯乃登山以望晋水,复绕城东北,相度良久,忽然省悟曰:"吾得破城之策矣。"即时回营,请韩虎、魏驹计议,欲引水灌城。韩虎曰:"晋水东流,安能决之使西乎?"智伯曰:"吾非引晋水也。晋水发源于龙山,其流如注。若于龙山高处掘成大渠,预为蓄水之地,然后将晋水上流坝断,使水不归于晋川,势必尽注大渠。方今春雨将降,山水必大发。俟水至之日决堤灌城,城中之人皆为鱼鳖矣。"韩魏齐声赞曰:"此计甚妙。"智伯曰:"今日便须派定各路,各司其事。韩将军把守东路,魏将军把守南路,瑶自将大营移屯龙山,兼守西北二路,专督开渠筑堤之事。"韩魏领命辞去。智伯传下号令，命军士凿渠于晋水之北，次将各处下流之水尽行坝断，复于渠之左右筑起高堤。一月之后，果然春雨大降，山水骤涨，大渠之水高与堤平。智伯决开北面，其水从北溢出，竟朝晋阳城而来。

其时城中虽被围困，百姓向来富庶，不苦冻馁。况城基十分坚厚，虽经水浸，并无坍损。过了数日，水势日高，渐渐灌入城中，淹没房屋。无恤与张孟谈周视城垣，但见水势浩天，再加四五尺，便要冒过城头。无恤心中暗暗惊恐，幸守城军民昼夜巡守，未尝疏怠。百姓皆以死自誓，更无二心。无恤谓张孟谈曰："民心虽未变，而水势不退。倘山水再涨，阖城皆为鱼鳖，将若之何？"孟谈曰："韩魏从兵非其本心，臣请今夜潜出城外，说韩魏二家反攻智伯，方脱此患。"无恤曰："后围水困，何能得出？"孟谈曰："臣自有计，吾主不必忧虑，但令将士多备船筏兵器。倘徼天之幸，臣说得行，智伯之头，指日可取矣。"无恤许之。孟谈知韩虎屯兵在东路，乃假扮智氏军士，于昏夜越城而出，冒水径奔韩营，只说智元帅有机密要事面禀。韩虎正在帐中，使人召入。其进军中严紧，凡进见之人俱须搜检一过，方可放进。张孟谈既与军士一般打扮，身边又无一物，并不疑心。孟谈既见韩虎，乞屏左右。虎命从人暂退，孟谈乃言曰："身非军士，实赵氏之臣张孟谈也。吾主被围日久，亡在旦夕。恐一旦身死家灭，无由布其腹心，故特遣臣假作军士潜夜至此，求见将军，有言相告。将军容臣进言，臣敢开口。如不然，臣请死于将军之前。"韩虎曰："汝有话但说，有理则从。"孟谈曰："智伯无故欲夺赵氏地，吾主念先世所传，不忍遽割，未有得罪于智伯也。智伯自恃其强，纠合韩魏，欲攻灭赵氏。赵氏亡，恐祸将及于韩魏矣。"韩虎沉吟未答，孟谈又曰："今日韩魏所以从智伯攻赵者，指望城下之日三分赵地耳。然韩魏不尝割地以献智伯乎？世传疆土，彼尚欲相夺，未闻韩魏敢出一语以相抗也，况他人之地哉？赵氏若灭，则智氏益强。韩魏能引今日之劳，与之争厚薄乎？即使今日三分赵地，能保智氏异日不复请割地乎？将军请细思之。"韩虎曰："子之意欲何如？"孟谈曰："依臣愚见，莫若与吾主私和，反攻智伯。灭智氏而三分其地，犹是得地，而智氏之地，多倍于赵，且以除异日之患，岂不美哉。"韩虎曰："子言亦似有理，俟吾与魏家计议。子且回去。三日后，来取回音。"孟谈曰："臣万死一生，此来正非容易。军中耳目众多，难保不泄。愿留麾下三日，以待尊命。"韩虎许之，即使人密召段规，告以孟谈所言。段规受智伯之辱，怀恨未忘，遂深赞孟谈之谋。次日韩虎使段规往见魏驹，密告以赵氏使张孟谈到军中，欲约韩魏二家反攻智伯，吾主不敢擅许，还请将军裁决。魏驹曰："智贼骄慢，吾亦恨之。但恐缚虎不成反为所噬耳。"段规曰："智伯不能相容，势所必然。与其悔于后日，不如决于今日。赵氏将亡，韩魏存之，其感我必深，不犹愈与凶人共事乎？"魏驹曰："此事当熟思而行，不可造次。"段规辞去。

到第二日，智伯亲自行水，置酒于龙山，邀请韩魏二将军同视水势。饮酒之间，智伯喜形于色。遥指晋阳城谓韩虎、魏驹曰："城不没者，仅三版矣，吾今日始知水之可以亡人国也。晋国之盛，表里山河。汾浍晋绛四水，皆号巨川。以吾观之，水不足恃，适因之而亡耳。"魏驹私以肘撑韩虎，韩虎亦潜蹑魏驹之足，二人相视，皆有惧色。须臾席散，辞别而去。絺疵谓智伯曰："韩魏二家必反矣。"智伯曰："子何以知之？"絺疵曰："臣未察其言，已观其色。公与二家约，灭赵之日，三分其地。今赵城破在旦夕，二家无得地之喜，而有忧虑之色。是以知其必反也。"智伯曰："吾与二家方欢然共事，彼何虑也。"絺疵曰："公言水不足恃，适因之而亡。要知晋水固可以灌晋阳，汾水亦可以灌魏都之安邑，绛水亦可以灌韩都之平阳。二家安得不虑乎？"智伯不信。至第三日，韩魏二家亦移酒于智伯营中，答其昨日之情。智伯举杯谓韩魏曰："瑶素直性，有言不能隐。昨有人言二位将军有中变之意，不知果否？"韩虎、魏驹齐声答曰："元帅信乎？"智伯曰："吾若信其言，岂肯面询于将军哉。"韩虎曰："闻赵氏大出金帛，欲离间吾三人。此必谗臣受赵氏之私，使元帅猜疑我等。因而懈于围攻，希冀脱祸耳。"魏驹亦曰："此言甚当。不然，城破在即，谁不愿剖分其土地，乃舍必获之利，而蹈不测之祸乎？"智伯笑曰："吾亦知二位必无是心，此絺疵之过虑也。"韩虎曰:"元帅今日虽然不信,恐此后再有进言者,使吾两人忠心,无以自明,岂不堕谗人之计乎?"智伯以酒酬地曰:"今后如彼此相猜,有如此酒。"虎、驹拱手称谢。是日饮酒倍欢,将晚而散。𫄨疵随后入见智伯曰:"公奈何以臣之言泄于二君耶。"智伯曰:"汝何以知之?"𫄨疵曰:"适臣遇二君于辕门,二君注目视臣,已而疾走。彼意谓臣已知其情,有惧臣之心,故遑遽如此。"智伯笑曰:"吾与二子酬酒为誓,各不相猜,子勿妄言,自伤和气。"𫄨疵退而叹曰:"智氏之命不长矣。"乃诈言暴得寒疾,求医疗治,遂逃奔秦国而去。异哉!智伯有如此亲信之谋臣,其所进言,一无商量,反谓其妄诞,𫄨疵此时真要气煞。以如此可疑之韩魏,偏与之酬酒设誓,亲信异于寻常,韩魏此时真要笑煞。是真所谓天夺其魄矣,不亡何待。

再说韩虎、魏驹从智伯营中归去,即时定计,与张孟谈设誓订盟。约于明日夜半,决堤泄水。晋阳城中只看水退为信,便引城内军士杀出,共擒智伯。孟谈领命入城,报知无恤。无恤正在营中,万分疑虑,忽见孟谈回报此计已成,那时一喜非同小可,遂跃然而起,不觉头盔倒戴而入,即时传令军士。结束停当,专待水退接应。至期,韩虎暗地使人袭杀守堤军士,于四面掘开水口。水从西决,反灌入智伯之营,军中惊乱,一片人声喊起。智伯从睡梦中惊醒起来,水已及卧榻,还认道是军士巡视疏忽,偶然堤漏,急唤左右快去救水塞堤。岂知须臾之间，水势益大。智伯正在惊惶无措，却得智国、豫让率领水军，驾筏相迎，扶入舟中。回视本营，波涛滚滚，营垒俱陷。军粮器械，漂荡一空。营中军士，尽从水中逃命。忽闻鼓声大震，韩魏两家之兵各乘小舟，乘着水势杀来，将智家军乱砍，口中只叫"拿智瑶来献者重赏"。智伯叹曰："吾不信絺疵之言，果中其诈。"豫让曰："事急矣，公可从山后逃匿，奔入秦国请兵。臣当以死拒敌。"智伯从其言，与智国棹小舟转出山后。谁知赵无恤早料智伯逃奔秦国，故遣张孟谈从韩魏二家追逐智军。自引一队，伏龙山之后，却好冤家相遇。无恤亲缚智伯，数其罪而斩之。智国投水溺死。

　　豫让闻智伯已擒，遂变服逃往石室山中。智氏全军尽没。三家收兵在一处，将各路坝闸尽行拆毁，退去山水。无恤安抚居民已毕，偕同韩魏至绛州。将智氏一家，无论男女少长，悉行屠戮。智氏之地，三家均分之。无恤犹恨智伯不已，漆其头为溺器。豫让在石室中，闻知其事，泣曰："士为知己者死。吾受智氏厚恩，今身亡族灭，辱及遗骸，吾必报之。"乃更姓名，诈为囚徒报役者，怀挟利刃，潜入赵氏内厕，欲刺无恤。无恤到厕所，忽然心动，使左右搜厕中，牵出一人见无恤。无恤问曰："子欲行刺耶？"豫让正色答曰："吾智氏亡臣豫让，欲为智伯报仇。"左右欲杀之。无恤曰："义士也。纵之去。"复问之曰："吾今纵子，能释前仇否？"豫让曰：

"释臣者君之私恩，报仇者臣之大义。"左右曰："纵之必为后患。"无恤曰："吾已许之，不可失信，今后但谨避之可耳。"即日归晋阳以避其祸。豫让弃妻子，入晋阳。恐其认识，乃削发去眉，漆其身为癞子之状，乞丐于市。其妻往市追寻，闻呼乞声，惊曰："此吾夫也。"趋视之，见豫让声似而人非，遂舍去。豫让嫌其声音尚在，复吞炭，变为哑喉，再乞于市。有友人素知豫让之志，见乞者行动，心疑是让，潜呼其名，果是也。邀至家中，谓之曰："子报仇之志决矣，然未得报仇之术也。若诈投赵氏，乘隙行事，当亦非难，何苦毁形灭性乎？"豫让谢曰："既臣赵氏而复行刺，是二心也。今吾漆身吞炭，为智伯报仇。正欲使人臣怀二心者，闻吾风而知愧耳。请与子诀，勿复相见。"遂行乞如故，更无人识之者。

一日无恤与张孟谈出，须经过一桥。豫让知之，复怀利刃，诈为死人，伏于桥下。无恤之车将近桥，其马忽悲嘶却步。张孟谈曰："臣闻，良马不陷其主。此马不肯渡桥，必有奸人藏伏，不可不察。"即命左右搜检，回报桥下有死人僵卧。无恤曰："必豫让也。"曳出视之，形容虽变，无恤尚能认识，骂曰："吾前已曲法赦汝，今又来谋刺耶？"命牵去斩之。豫让呼天而号，泪与血下。左右曰："汝畏死耶？"豫让曰："我非畏死，恨我死后，更无报仇之人耳。"无恤召回问曰："子先事范氏，范氏为智伯所灭，子反事智伯，而不为范氏报仇。今智伯之死，子独报之甚切，何也？"豫让曰："范氏以众人待我,我故以众人报之。智伯以国士待我,我当以国士报之。岂可一例论耶?"无恤曰:"子心如铁石,吾不复赦子矣。"遂解佩剑,令其自裁。豫让曰:"臣今日岂望再活,但两计不成,愤无所泄。请君脱衣与臣击之,以寓报仇之意,臣死亦瞑目矣。"无恤怜其志,脱下锦袍,使左右递与豫让。让执剑在手,怒目视袍,如对无恤之状,三跃而三砍之,曰:"吾今可以对吾主于地下矣。"遂伏剑而死。无恤见豫让三击其衣,连打三个寒噤,心中惊惧,即时回车归府。自此患病,竟至不起云。

火牛阵

话说东周之末,以齐、秦、楚、赵、韩、魏、燕七国最强,互相侵伐,争城夺地,兵戈不休。当时燕国有乱,齐人攻之,燕国几亡。燕之府库宝藏,悉为齐所得。至燕昭王即位以后,日夜以报齐雪耻为事:吊死问孤,爱民如子;尊贤礼士,国政修明;筑黄金台,招致天下贤士。于是四方豪杰,归者如市。有赵人乐毅,自幼好讲兵法,及长,学益进。遇赵有乱,挈家奔魏,即仕于魏,魏昭王不甚信用。闻燕王筑黄金台以求贤,乃谋出使于燕。见燕昭王,说以兵法。燕王知其贤,待以客礼,乐毅谦让不敢当。燕王曰:"先生生于赵,仕于魏,在燕固当为客。"乐毅曰:"臣之仕魏,以避乱也。大王若不弃微末,愿随事左右。"燕王大喜,即拜毅为亚卿。乐毅召其弟乐乘及宗族中人,皆居燕,为燕人。其时齐国强盛,屡次侵伐诸侯。昭王深自保守,养兵恤民,待时而动。及齐湣王无道,逐公子孟尝君,暴虐百姓,百姓弗堪,兼之连年灾荒,民益愁困。而燕国休养多年,国富民众,士卒乐战。昭王乃进乐毅而问曰:"寡人衔先人之恨,二十八年于兹矣。人寿几何,常恐一旦先归泉下,不及亲报齐仇,以雪国耻,终夜痛心。今齐王强暴自恃,中外离心,此天授之时,不可失此机会。寡人欲起倾国之兵,与齐争一旦之命,先生以为何如?"乐毅对曰:"齐国地大人众，士卒习战，未可以独攻也。王必欲伐之，必与列国共图之。今燕之邻国，莫近于赵，王宜先与赵合，则韩必从，而魏亦无不听矣，如是而齐可攻也。"燕王曰："善。"乃使乐毅往说赵国。平原君赵胜言于惠文王，王许之。适秦国使者在赵，乐毅并说秦使者以伐齐之利。使者还报秦王，秦王忌齐之强盛，惧诸侯背秦而事齐，因复遣使者报赵，愿共伐齐。燕昭王又使人往说魏，魏国公子信陵君亦主发兵相助。

　　于是燕昭王悉起国中精兵，得十余万，使乐毅将之。秦、赵、韩、魏各命将出师，如期而至。共推乐毅为上将，统领五国之兵，号为乐上将军，浩浩荡荡，杀奔齐国。齐湣王自将中军，命大将韩聂迎战于济水之上。乐毅身先士卒，四国兵将无不奋勇出战。齐兵虽强，怎能抵挡得住？杀得齐兵尸横遍野，血流成河，韩聂被乐毅之弟乐乘所杀。诸军乘胜逐北，湣王大败，奔回临淄，连夜使人求救于楚，许割地为酬。一面检点军民，登城固守。秦、赵、韩、魏乘胜，各自分路，收取边城。独乐毅自引燕军，长驱深入。所过地方，宣谕燕王威德，齐城皆望风而溃，势如破竹，大军直逼临淄。湣王大惧，遂与近臣夷维等数十人潜出北门而遁逃至卫国。卫君始以礼相待，而湣王以天子自尊，骄傲异常。卫君恨之，使人劫掠其辎重，湣王又与夷维连夜逃去。至鲁国，鲁君遣使者出迎。夷维问曰："鲁人何以待吾君？"对曰："将以十太牢待子之君。"夷维曰："吾君,天子也。天子出巡,诸侯当避让宫室以居之,岂止十牢之奉而已乎?"使者回报鲁君,鲁君大怒,闭关不纳。复至邹,时邹君方死,湣王欲入吊。夷维谓邹人曰:"天子下吊,主人宜立西阶,北面而哭,天子乃于东阶上,南面而吊之。"邹人曰:"吾国小,不敢烦天子下吊。"亦拒之不纳。湣王计穷,夷维曰:"齐城皆破,惟莒州与即墨二城尚完。莒州离此不远,何不往?"乃奔莒州,检兵守城,以拒燕军。

乐毅遂破临淄。临淄为齐国都城,宗庙府库,尽在其中。乐毅尽收齐之财物祭器,并查旧日燕国宝货被齐所夺取而来者,悉将大车装载,归诸燕国。燕昭王大悦,亲至济上,大犒三军。封乐毅于昌国,号昌国君。燕昭王返国,独留乐毅于齐,以收齐之余城。齐之宗人名田单者,有智术,知兵法。湣王不能用,现为临淄市吏。燕兵入临淄,城中之人,纷纷逃窜。田单与同宗逃难于安平,尽截去其车轴之头,略与毂平,而以铁叶裹轴,极其坚固,人皆不知其用意。未几燕兵来攻安平,城破,安平人复争相逃窜,乘车拥挤,多因轴头相触,不能疾驱,或因车轴不牢,轴折车覆,皆为燕兵所获。惟田军与宗人,以车轴坚固,又无轴头之碍,竟得脱奔,往即墨而去。乐毅分兵略地,至于昼邑。闻齐故太傅王烛,家在昼邑。传令军中,环昼邑三十里,不许入犯。使人以金帛聘烛,欲荐于燕王。烛辞老病,不肯往。使者曰:"上将军有令:太傅来,即用为将,并封万家之邑;不行,且引兵屠邑。"王烛仰天叹曰："忠臣不事二君。齐王不听忠谏,故吾退而耕于野。今国破君亡,吾不能救,而忽以兵威逼吾。吾与其不义而存,不若全义而亡。"遂自悬其头于树上,举身一奋,颈绝而死。乐毅闻之,叹息不已,命厚葬之,表其墓曰"齐忠臣王烛之墓"。乐毅出兵六个月,所攻下齐地共七十余城,皆编为燕之郡县。惟莒州与即墨二城,坚守未下。毅乃休兵享士,除其虐政,宽其赋役,齐民大悦。乐毅之意,以为齐地止此二城,已在掌握之中,不难攻破,惟欲以恩信结之,使其自降,故不极其兵力。再说,齐王当日曾使人求救于楚,许以割地为酬。楚王命大将淖齿,率兵救齐。淖齿兵到时,齐已大败,淖齿谒齐湣王于莒州。湣王得淖齿,即使为相国,尽以兵权付之。淖齿见燕兵势盛,恐救齐无功,密遣使私通乐毅,欲弑齐王,与燕共分齐国,使燕人立己为王。乐毅回报曰："将军诛无道,以自立功名,霸王之业也,敢不惟命。"淖齿大悦,乃大陈兵甲于城外,请湣王阅兵。湣王既至,遂执而数之曰："王在齐数年,数戮忠良,妄称天子。今全齐尽失,而偷生于一城,尚欲何为?"湣王俯首不答,夷维抱王而哭。淖齿先杀夷维,生抽王筋,悬于屋梁之上,三日而后气绝。湣王之得祸,亦惨矣哉。淖齿回至莒州,欲觅王世子法章杀之,不得。遂表奏燕王,自陈其功,使人送于乐毅,求为转达。

却说,齐有王孙贾者,年尚幼,丧父,只有老母。湣王见贾年幼而有胆气，使为大夫。潜王出奔，贾亦从行，在卫相失，不知潜王下落，遂潜自归家。其母见之，问曰："齐王何在？"贾对曰："儿从王奔至卫国，王中夜逃出，已不知所往矣。"老母怒曰："汝朝出而晚归，吾倚门而望。汝暮出而不还，吾倚闾而望。君之望臣，何异母之望子？汝为齐王之臣，王昏夜走出，汝不知其处，何可归乎？"贾闻母言，大愧，复辞老母。寻觅齐王。闻王在莒州，趋而求王。及至莒州，知齐王已为淖齿所杀。贾乃袒其左肩，呼于市中曰："淖齿相齐而弑其君，为臣不忠。有愿与吾诛讨其罪者，依吾左袒。"市人相顾曰："此人年幼，尚有忠义之心。吾等好义者，皆当从之。"一时市中壮士，左袒而从王孙贾者，四百余人。时楚兵虽众，皆分屯于城外。淖齿方居齐王之宫，饮酒作乐，使妇人侍酒为欢。兵士数百人，列于宫外，并不准备。王孙贾率领四百余人，勇往直前，突然到宫，夺兵士手中器械，杀入宫中，擒淖齿斩为肉酱。楚兵无主，一半逃散，一半投降燕国。王孙贾因鼓励兵士，坚守莒州城，一面招纳齐国士大夫之出亡者。

　　是时齐国诸臣，四散奔逃，闻王烛死节之事，叹曰："彼已告归在家，尚怀忠义之心。吾等现立齐朝，坐视君亡国破，不图恢复，岂得为人？"乃共投王孙贾。相与访求世子法章，一时不知下落。哪知齐世子法章，闻齐王遇变之后，急更衣为穷汉，自称临淄人王立，逃难无归，投太史敫家为用人,为之灌园种菜,无人知其为贵介者。太史敫有女年及笄,一日偶游园中,见法章之貌,大惊曰:"此非常人,何以屈辱于此。"使侍女叩其来历。法章惧祸,坚不肯吐。太史女曰:"此人动作相貌,大异寻常。异日富贵,不可量也。"时时使侍女给其衣食,久益亲近。法章因私露其踪迹于太史女,女遂与订夫妇之约,举家不知也。及闻王孙贾等访求,世子乃出谓太史敫曰:"我实世子法章也。"太史敫报知王孙贾,乃具法驾迎世子入莒城即位,是为襄王。告于即墨,相约彼此坚守,以拒燕兵。时即墨守将病死,军中无主,欲择知兵者推戴为将,而难其人。有人知田单铁叶裹轴得全之事,言其才可将,乃共拥立为将军。田单既为将,日夜巡视城垣,躬自操作,与士卒同劳苦。宗族子弟,皆编入行伍。法律严明,城中人畏而爱之。

乐毅围此二城,三年不克。乃解围退去九里,建立军垒,令曰:"城中人有出樵采者,听之,不许擒拿。其有困乏饥饿者,与之食。寒冻者,与之衣。"欲使城中百姓,感恩悦附,不在话下。且说燕大夫骑劫,颇有勇力,亦喜谈兵,为燕太子乐资所亲信,欲夺乐毅兵权,因谓太子曰:"乐毅起兵伐齐,能于六个月间下齐七十余城。今齐王已死,城之未下者,惟莒与即墨二城耳。前之七十余城,拔之何其速,今独难拔此二城乎?所以不肯即拔者,以齐之人心未附,欲以恩威结之,吾知乐毅不久当自立为齐王矣。"太子称是,述其言于昭王。昭王怒曰:

"吾先王之仇,非乐毅不能报。即使真欲王齐,以功论之,亦分所当然,何容汝多言耶。"因斥退太子。而太子之心,终以骑劫之言为疑,昭王却甚明白,知乐毅忠义,欲息谗人之口,特遣使持节至临淄,即拜乐毅为齐王。乐毅感激益甚,以死自誓,不肯受命。使者还报,昭王曰:"吾固知毅为忠义之人,决不有负寡人也。"昭王晚年颇好神仙之术,使方士炼金石为神丹,服之以求长生,岂知服之既久,燥热内攻,病发而薨。太子乐资嗣位,是为惠王。时乐毅在齐,专以恩德结齐民。田单在即墨城内,意欲与燕兵一战,不但恐不能取胜,且齐民颇感悦乐毅,亦未必肯战,即战亦不能尽其力,非燕王召乐毅归国,别遣一人为将不可。于是思得一离间之计,使人至燕贿通燕王左右,扬言曰:"乐毅久欲王齐,以受燕先王厚恩,不忍相背,故缓攻二城,以待其事。今新王即位,将与即墨连和,自为齐王。齐人今日所惧者,惟恐燕遣他将来,则即墨残矣。"燕惠王久疑乐毅,及闻流言,与骑劫之言相合,信以为真。乃使骑劫往代,而召乐毅归国。毅恐燕王信谗见诛,曰:"我赵人也。"遂弃其家,西奔赵国。赵王慕乐毅之名,以观津封之,号望诸君。

骑劫既代乐毅为将,尽改乐毅平日在军号令,燕军俱愤怨不服。到垒三日,即率师往攻即墨,围其城数匝。田单闻燕王遣骑劫来代乐毅,喜曰:"今而后吾有破燕之策矣。"亲谕军民,同其劳苦,设守益坚。因见燕兵众多,城中兵不满万,未可轻敌,因设一计,以神兵疑之。一日晨起,谓城中人曰:"吾夜来梦见上帝告我云,齐当复兴,燕当即败。不日有神人为我军师,战无不克。"有一小卒悟其意,趋近田单前低语曰:"小人可以为师否?"言毕,即疾走。田单急起持之,谓人曰:"吾梦中所见神人,即是此人。"乃为小卒易衣冠,置之营中上坐,北面而师事之。小卒曰:"我实无能,如何?"田单曰:"子但勿言,无害也。"因号于众曰:"是神师,凡事皆须禀命而行,不可怠慢。"于是每出一言,必禀命于神师而后行。一日,又谓众人曰:"神师有令,凡食者必先祭其先祖于庭,当得祖宗相助之力。"人皆从其教,飞鸟见庭中祭品,悉飞翔下食,如此朝暮二次。燕军望见城中朝暮飞鸟群集,以为怪异,闻有神师下教,相与传说,谓齐有天神降助,不可轻敌,敌之违天,于是军士皆无战心。

　　田单又欲激城中人恨燕,使人扬言曰:"前者乐将军太慈,得敌人不杀,故齐人不怕。若劓其鼻而趋为前锋,即墨人苦死矣。"骑劫闻言信之,将燕之降卒,尽割其鼻。城中人见降者割鼻,大惧,相戒坚守,惟恐为燕人所得。田单又扬言:"城中人之祖宗坟墓,皆在城外,倘被燕人发掘,奈何。"骑劫又使兵士尽掘城外坟墓,烧死人,暴骸骨。即墨人从城上望见,皆涕泣,欲食燕人之肉,相率来军门前,请出一战以报仇。田单知士卒可用,乃精选强壮之兵,得五千人,藏匿于民间。其余老弱同妇女,轮流守城。遣使送款于燕军,言城中食尽,不能再守,请勿攻城,约于某日出降。骑劫信而许之,谓诸将曰:"我比乐上将何如?"诸将皆贺曰:"将军用兵,胜乐上将多矣。"燕军士亦以数年不克,今日来降,亦皆踊跃大喜,专候入城。田单又收民间金,得千镒,使富家私馈燕将,求其城下之日,保全我等家属。燕将大喜,受其金,各付小旗一面,使插于门上,以为记认。单又使人收取城中牛,得千余头,制牛衣,画以五彩龙纹披于牛体。牛之两角缚以利刃。又将苇芦之属,灌下膏油,束于牛尾,拖在牛后有如巨帚。于约降前一日,安排停当。众人皆不解其意。田单预先宰牲具酒,候至日落黄昏,召五千壮卒,令其饱食,以五色涂面,各执利器,紧随牛后。使百姓于城根,凿穿穴洞,共凿数十处。驱牛从穴中出,五千壮卒亦随后而出,用火烧牛尾之帚。火渐渐迫牛尾,牛痛而怒,直奔燕营,五千壮卒衔枚随之。时将夜半,燕军方皆安寝,一无准备,忽闻驰驱之声,从梦中惊起,只见火炬千余,光明照耀,如同白昼,望之皆龙纹五彩,突奔前来,角刃所触,无不死伤,军中大乱。那一伙壮卒,不言不语,大刀阔斧,逢人便砍。虽只五千人,在此黑夜忙乱之中,好似有几万人一般。况且燕军向来听说城中神师下教,今于火光之中,见此五彩龙纹,随着神头鬼脸,杀奔而来,不知何物,各军吓得惊惶无措,人不及甲,马不及鞍,各自逃生。骑劫正在帐中安卧,闻声惊起,知是中田单之计,急领左右数十人,意欲拒敌。奈各营兵士,已人人狂奔,个个惊窜。田单见事已成,亲自率领城中兵士随后赶出，呐喊助威，城上老弱及妇女等皆击铜器为声，震天动地。燕军奔窜之间，自相践踏，死者不计其数，真是尸横遍野，血流成渠。骑劫见势不佳，乘车落荒而走，田单赶上，一戟刺死骑劫于车下。天色已明，田单于是整顿队伍，乘势追逐。所过城邑闻得齐兵得胜，燕将已死，尽皆叛燕而归齐。田单兵势日盛，直抵齐之北界，昔日燕所下之七十余城，复悉归于齐。

田单既入临淄，安民已毕，齐人以田单功大，欲奉为王。田单曰："太子法章在莒州，已嗣为王矣。吾族疏远，安敢出此。"于是迎法章于莒州，王孙贾御车，至于临淄，收葬湣王，择日告庙临朝。襄王谓田单曰："齐国危而复安，皆叔父之功也。叔父知名，始于安平，今封叔父为安平君，食邑万户。"王孙贾拜爵亚卿，其余各有升赏，往迎太史女为后，是为君王后。那时太史敫方知其女先以身许太子，怒曰："汝不告父母，不凭媒妁，而自许于人，非吾女也。"终身誓不复相见，齐王使人馈以金帛，亦不受，惟君王后时时使人存问之而已。燕惠王自骑劫兵败，方知乐毅之贤，悔之无及，特作书一封，使人送毅谢过，欲招之还国。毅答书不肯归。燕王恐赵用乐毅以图燕，乃复以其子乐间袭封昌国君，毅弟乐乘为将军，并贵重之。乐毅遂合燕赵之好，往来于二国之间，二国皆以毅为客卿。

乌江自刎

国韵小小说

乌江自刎

自秦始皇并吞六国以来，焚书坑儒，收兵器，铸金人。要想从一世二世传到万世，造了一座阿房宫，华丽非常。拿百姓的辛苦钱，做他个人的快乐用。因此天怒人怨，大失民望。四方豪杰，蜂拥而来。中有二个豪杰，一个叫作刘邦，一个叫作项羽。那刘邦呢，是忠厚仁德。那项羽呢，是气躁性暴。所以民心归向刘邦的多。后来刘邦得有关中之地，自称汉王。项羽占有楚地，自称西楚霸王。彼此争战，冀夺天下。却说，汉王那边，虽猛将如云，谋臣如雨，奈项王麾下有八千子弟兵，甚是勇敢。若不解散此八千子弟，虽盖世英雄，亦难取胜。当时刘邦手下大将韩信，求计于谋臣张良。张良密与韩信及策士李左车言曰："某少游邳下，曾遇异人，善吹箫，因请异人传授一月，亦精此技。吹时可使凤凰来仪，又能致孔雀白鹤舞于阶下。故箫音最能感动人心，闻之令人思乡。今当深秋之时，草木零落，金风初动，远乡之人，念家最切。某俟夜静更阑，投鸡鸣山一带，吹起此箫，声调幽咽，足使闻者肠断。不劳元帅张弓发矢，八千子弟自然离散。"信即拜伏在地曰："先生有此妙计，破敌易如反掌矣。"彼此相约已定，次日遂按兵不与楚交战，四边多设战车，增添甲士，严加巡哨。仍催相国萧何催趱军粮，并令各地诸侯，分头输运，接济军储。盼咐樊哙在山顶上鸣锣击鼓,摇惑楚军人心。仍令灌婴时常在楚营左右埋伏,待霸王出营冲阵时,即可抵敌。

却说,霸王一连三日亦未出阵,手下将官季布、项伯等入营求见霸王曰:"连日缺少粮草,人马疲困,兵士皆有怨心,万一有人蛊惑,必然致乱。不若陛下领了八千子弟,与臣等人马,协力同心地杀出重围。或投襄江,或投江东,以图再举。"霸王曰:"但恐汉兵势盛,不能突出重围,奈何。"季布曰:"臣观八千子弟,冲锋破敌,到处皆胜。陛下领了子弟兵,臣等继后,定可出此重围。"霸王曰:"然。"遂传令大小三军,于明日冲杀出围,俱要努力,勿得退后。军士得令,各自暗地商议。有的说,我等衣衫破绽,未得缝补,天又寒冷;有的说,连日绝粮,救死不遑,哪能冲杀汉兵。众人等到黄昏之后,一更相近。只听得秋风飒飒,落木萧萧,客思无聊,正动了归乡之念。忽高山上面,顺风吹下一阵箫声,如泣如诉,如怨如慕,入刺愁肠,百端感触,听得个个泪如雨下。况那箫声又是一声高,一声低,一声长,一声短,正如露滴苍梧,鹤唳九皋。楚营中八千子弟壮烈之气,被那张良自鸡鸣山至九里山一带,往来吹了数十遍,一霎时竟吹得无影无踪了。初听得时,不过大家流泪。后来越想越悲,各人便道:"此乃神仙下降,来救我等性命,故吹此洞箫,使我等逃命。况且连日饥饿,汉兵杀来,如何抵挡。不若顺了天意,于此月明之际，快快逃走。倘被汉兵捉住，料汉王仁德，必不加害。"众人商议已定，束了行李，不由诸将号令，就一哄地四散奔走。所剩的诸将，见二更时候霸王正在熟睡，不敢通报，继想吾等数十人，若遇汉兵杀来，亦是不得活命，不若走为上策，于是亦杂在军士中逃走。项伯亦往投张良，惟有周兰、桓楚二将商议曰："吾等受了霸王的知遇，不忍贪生畏死，竟将霸王舍去。"故聚了未逃的八百余楚卒，守定中军，待霸王醒来，再商办法。不幸霸王遇难，吾等一同赴死，此亦大丈夫之所为也。

再说那楚兵并诸将，当此百万汉军，绕得铁桶一般，虽生翅也不能飞出。所以各兵能安然逃走出此重围者，原来韩信预先吩咐诸将，凡遇西楚逃兵，不得拦住，故能逃出。后来周兰、桓楚正要将此情形报告霸王，霸王已一觉醒来，披衣而出，观望四壁，乃大惊曰："汉已得楚矣！何楚人之少也。"周兰、桓楚急到帐下泣告曰："楚兵被韩信用计，遍山吹箫，致令我军解体，诸将亦皆逃去，今兵微将寡，何以御之？"霸王闻说，不禁泪下数行，遂回到帐中长叹曰："天其亡我乎！"左右亦皆泣下。霸王妃虞姬急起问曰："陛下何悲泣若此？"霸王遂将楚兵四散，我要单身冲杀出去，不忍遽然舍尔的话，含泪说了一遍。虞姬便假说要装了男子，跟随同出，更借大王宝剑护身。霸王信以为真，遂拔剑递与姬手，姬即接剑自刎，以断霸王恋恋不舍之意。霸王见虞姬自刎，痛哭失声。周兰等上前劝曰:"陛下当以天下为重,不可过悲。"于是霸王领了八百楚兵,冲杀头阵。汉军那边灌婴拦阻,霸王跃马横枪,直取灌婴,战了十余合,灌婴败走,霸王奋力冲杀,汉兵皆不能抵挡,灌婴即报入中军。汉王同韩信统了大兵,分头追赶。樊哙在山顶上面,挥动大旗,招八路汉兵,四面围绕。周兰、桓楚见楚兵势已孤立,力不能支,恐被汉兵擒获,齐仰天叹曰:"臣力尽此,不能支矣。"遂均引剑自杀。

当时霸王奋力杀出重围,急奔淮河。到了淮河,见有小舟泊近河岸。霸王命军士撑驾渡河,复将北岸军马,陆续渡送,检点只剩得百余骑了。又走数里,到了阴陵地方,迷失故道。霸王四面一望,俱是小溪夹路,又见四面的尘土大起,金鼓震耳,实在进退维谷。忽道旁有一田父,霸王即向前问曰:"哪条道路可往江东?"田父见霸王甲胄异于常人,自思此人定是霸王,又想霸王建都彭城,毫无恩德施于百姓,专行杀戮,民受其害,今被汉兵追急,迷失故道,欲往江东,不可实说,正在沉吟不答。霸王复又问曰:"田父勿得恐惧,余乃霸王是也。因被汉兵追赶,迷失了故道,今欲渡江而东,不知何路可通,快快说来。"田父欺其不知,乃曰:"当从左道直往,可至江东。"霸王信以为真,遂向左走,未到一里,霸王连人带马跌入泽中,几不能出。幸赖骑的是乌骓龙驹,故能一跃而起,出得泽中。正在进行之时,忽见前面汉将杨喜一支人马拦住去路。霸王见是杨喜,乃向彼言曰:

"吾今人马困乏，又跌入大泽之中，方才得出，力又不能与敌。尔当时曾随吾数年，不若与吾同渡江东，再整兵马。赏汝千金，并封汝为万户侯，共享富贵，岂不甚好，何必迫我太甚。"杨喜曰："大王不纳忠谏，不惜贤士，肆行无道，遂至如此。纵使过江，恐终不足以成大事。臣今事汉，真得其主矣。今奉元帅之命，带兵到此。臣念大王故旧，亦不敢无状，幸即投降，同见汉王。料汉王与大王同是起义之人，又结为兄弟，必可望封王位。"霸王闻说大怒，举枪直取杨喜，杨喜亦举枪相迎，足足战了二十余个回合。霸王按下了枪，举鞭直往杨喜当头打来。杨喜虽眼快急避，左臂却早着了一下，被打落下马。霸王方欲举枪来刺，早有汉将杨武、王翌、吕马通、吕马胜等一起人马到来，扶了杨喜上马，退回后阵。众将一齐来敌霸王，霸王复与众将交战。后边汉将英布、彭越、王陵、周勃等，亦分头围绕上来。霸王见汉兵越战越多，来势甚是凶猛，故不敢恋战，即挽转马头向城东而走。回看相随之人，只有二十八骑，自思此次必不能脱险，又觉身体甚是困乏。天也渐渐地昏黑起来了，路少山多，树木丛杂。左右曰："大王连日驰驱征杀，未得饱食，人马困乏。不如乘此树木丛杂之中，彼未敢前进，臣等与大王可同到前村，寻一民家，暂时休息，到了明天，再寻路而走，以免误入歧途。"霸王从其言，遥望林木之间，微露一点灯光，知是人家。于是领了众人来到大林边一望，却不是人家，原来是一古院。众人便到院中,请霸王下了马,暂时安息。忽听得潺潺的水声,乃是一道清溪,遂牵马近前饮水。又使一小卒,将所持宝剑,在溪边大石上去磨,以备来日冲锋杀敌之用。不料小卒力弱,哪能举此宝剑,磨是更加不能了。霸王遂自将宝刀于大石上去磨,不防霸王力大,竟将大石割去一边,石下泉水涌出,遂成了个泉穴。此处乃是兴教院,离乌江七十五里。大林巅石之间,至今项王卓刀泉的古迹,尚可寻觅。霸王当时同了众人进院。两廊寻问,并不见人。小卒寻到后面,见数老人转着火炉而坐。小卒便问院中如何不见一人。老人曰:"看院者原有数十人,近因楚汉交兵,遂皆逃去。我等乃是近村的居民,看院者恐院中遗失家具,故请我等老而无用者,在此看守。但不知汝等究是何人,暮夜至此,不知何事。"小卒曰:"外面西楚霸王驾到,因被汉兵追赶来此,夜晚不能前进。欲投院中暂歇一宵,明日早行。汝等有饭,可速进呈。"众老人听说是西楚霸王,急起身来到大门外,拜伏在地,并请霸王进屋设坐。众老人曰:"山野农夫,不知礼节,乞大王恕罪。"霸王曰:"众老人在此,有粮米否,以救众人饥饿。待过江时,用汝一石,当以百石补之;用汝一斗,当以十石补之。"内中有一老人,向来读书,即近前曰:"大王建都彭城,此处乃是楚地,正是大王所管,用些粮米,岂敢望补。"霸王闻说大喜。众人遂凑集了米,计一石有余,付与众卒。众卒即挑水的挑水,生火的生火,煮饭的煮饭,拔野菜的拔野菜。等到饭煮熟了,霸王与众人用毕后,即时安寝。将至夜半,忽见天边一轮红日红光腾腾地浮于江面,见汉王衣了五色彩云,翱翔而来,将红日向怀中一抱,驾云而起。云脚之后,有万缕祥光,接续不断。霸王见汉王抱日而起,急急脱衣涉水面上来夺红日,被汉王在云端之中,一脚踢来,将霸王踢落在江中。汉王遂急抱红日,向西边而去。霸王惊觉醒来,却是南柯一梦,叹曰:"天命有在,不可强也。"一言未了,只见小卒前来报道:"汉兵又杀到林前了,请大王急起备敌。"霸王即紧束衣甲,预备鞍马,杀出林来。此时天已将明,只见汉兵分开两边,一将举刀出马,乃灌婴也。霸王即举枪与灌婴交战,战未十合,随后汉将杨武、吕胜、柴武、靳歙等将,亦相继地前来助战,霸王不敢留恋,奋力向前冲杀,三军皆不能抵挡。诸将随后追逐,行五十里,到了乌江。霸王勒马四望,只见汉兵重重叠叠,如山如海地四面围上来,又思昨夜梦境离奇,知天命有在,人力难胜,乃谓其从骑曰:"吾自起兵至今,已有八载,身经大小七十余战,所挡者必破,所击者必服,未尝有一日败北,霸有天下。今卒困于此,此乃天之亡我,非我战之罪也。今日固死,然我尚能三胜汉兵,与尔等冲出重围,以明非战之罪。"于是霸王大呼疾驰而下,汉兵皆为披靡,遂斩汉大将一人。是时杨喜因前日被霸王鞭打左臂,虽未重伤,而心中颇以为恨,思雪此辱,遂一马跃出,拦住霸王。霸王瞋目大叱之,杨喜人马俱惊,倒退数里。霸王遂与从骑约会至东山下,分为三处,霸王杂于其中。汉兵不知霸王所在,又分兵三起围绕拢来。霸王举枪往来驰骤,保护三处骑卒,复斩汉将李佑、都尉王恒及汉兵数百人,楚卒只亡二骑。吕胜、杨武望见霸王杀了许多汉兵,大怒曰:"项羽至此,犹复如此猖獗耶。"二将遂举兵器杀来,与霸王交战,未及十合,二将大败,皆抱头鼠窜而逃。霸王于一日之间,凡经九战,杀汉大将九人,汉兵一千余人,乃谓其从骑曰:"吾之与汉战,果如何?"众骑皆拜伏曰:"大王真天人也。"

霸王一日九战,冲出重围,到乌江北岸。霸王正欲渡江,适遇着乌江亭长舣船近岸相待,乃谓霸王曰:"江东虽小,地方千里。大王素有重名,可聚众数千万人,亦足王也。愿大王急渡,不可迟疑。况今只有此船,汉兵绝不能过。"霸王叹曰:"天欲亡我,我何渡焉。且率江东子弟八千人,渡江而西,今无一人东还。纵使江东父老,怜而王我,我何面目见之。纵彼不言,羽独不愧于心乎。"亭长亟为之言曰:"胜败乃兵家之常事。昔日汉王与大王在睢水交兵,被大王杀去三十余万,睢水亦为之不流。彼时汉王单身逃难,落于井中,几不能免,遂忍而至此。大王今日之败,亦犹汉也。何必区区以八千子弟为言,是何所见之小耶,故曰,图大者不矜细行。王可急渡,汉兵将至矣。"霸王曰:"汝言虽善,吾心终甚愧。若汉兵至,惟付之一死耳。"亭长叹息不已。霸王见亭长舣船相待,久而不去,知其为长者,乃谓曰:"吾有此马,骑坐已数年矣,一日能行千里,所向无敌。今恐为汉兵所得,又不忍杀之,公可牵去。他日见此马,即如见我也。"遂命小卒牵马登舟过江。那马咆哮跳跃,回顾霸王,恋恋不肯上船。霸王见马流连不舍,遂涕泣不能言。众军士勉强把马牵了上船,亭长方欲撑船过渡,说也奇怪,那马竟长嘶数声,往大江波心一跃,不知所往。众人大惊,亭长亦痴呆半响,面如土色,遂放舟而去。霸王见马投江而死,叹惜不已,复与众军士步行,持短兵与汉兵接战,又杀了汉兵数百人。霸王身被十余创,见汉将吕马通曰:"尔非吾故人乎?"吕马通曰:"臣实大王故人,不知大王有何相嘱。"王曰:"吾闻汉购我头,献去者赏千金,封万户侯,吾与尔旧有恩德。"遂拔剑自刎而死。杨喜、杨武、王医、吕胜等将俱到,遂以项首见汉王。汉王看项王面目如生,泣曰:"吾与王曾拜兄弟,后图取天下,遂尔有隙。然王虽掳太公、吕后,恩养三年,未尝侵犯,此大丈夫所为也。不意王今死矣,吾甚惜之。"左右闻言,亦皆泣下。遂封吕马通等将为侯,韩信等一班功臣大将,亦均大加封赏。并命在乌江为项王立庙,四时享祭。项王死,楚亦随之而亡。

夫英雄豪杰,乘时起义,割据称雄。成则为王,败则为寇者,何哉?盖由于仁暴之分耳。观此一段故事,项王固一世之雄豪,徒以暴虐行为,不如汉王之以仁德固结民心,遂致事败垂成。英雄末路,死不得其所,亦可慨已。孟子曰:"惟不嗜杀人者能一之。"洵为至论名言。暴虐行为,不特图大事者不能成事,即人之立身处世,亦以仁义道德为重,不然则终致身败名裂,不能得良好之结果也。

过五关

话说三国时,有个姓刘的,名备字玄德,本是汉室宗亲,论辈分为献帝之叔,故又称皇叔。当初见丞相曹操,专权自恣,心怀不轨,因此招起人马,与张飞屯住小沛,并教关云长保护妻小守下邳。关、张二人,原与玄德结为兄弟,誓复汉室者也。一天,曹操起大军下徐州,并分兵来攻小沛,玄德、张飞均被杀败,飞往芒砀山而去,玄德往河北投奔袁绍。当夜曹操取了小沛,随即进兵攻下邳。云长探知,出城接战,却被曹兵截住,无路可归,只得引兵到一座土山上,权且少歇。忽见下邳城内火光冲天,心中甚为惊惶,连夜几次冲下山来,皆被曹兵乱箭射回。

到了天晓,曹操遂差了一个姓张名辽的将官,跑马上山,说关公投降。那张辽原来与关公有交情的,当日上山劝关公投降,却又说得委委婉婉。关公初虽不许,后来经他再三慰劝,遂与他约了三件事情:第一件,与皇叔设誓,共扶汉室,只肯降汉,不肯降曹;第二件,请给皇叔俸禄,养赡二嫂,一切上下人等,不许到门;第三件,若知皇叔去向,不管千里万里,便当辞去。三者缺一,断不肯降。辽即将上项三事回报曹操。第一、第二件事,操立时允许。第三件事,操大为摇头曰:"此却甚难。"经张辽申说,曹遂一并允诺。辽乃上山回报关公,公曰:"虽然如此,尚须退兵,容我入城禀知二嫂。"辽回禀操,操即传令退军三十里。云长乃下山入城,参拜二嫂,并细述情由,然后来见曹操。操颇以好言安慰,当日即班师回许都。云长收拾车仗,请二嫂上车,亲自护车而行。到了许都,操拨一府与关公居住。公分一宅为两院,内居二嫂,外自居住。操又分拨差役及金银绫锦器皿等,送与关公。公留下差役,金银等物送与二嫂收贮。自此曹操待关公甚厚,三日小宴,五日大宴,意欲关公之久留也。

一日操请关公宴,临散送公出府,见公马瘦。操曰:"公马因何而瘦?"关公曰:"贱躯颇重,马不能载,因此常瘦。"操令左右备一马来,须臾牵至。那马色如火炭,状甚雄伟。操指曰:"公识此马否?"公曰:"莫非赤兔马乎?"操曰:"然也。"遂并鞍辔送与关公,公再拜称谢。操曰:"吾累送金帛,公未尝下拜;今吾赠马,乃喜而再拜,何也?"关公曰:"吾知此马日行千里,今幸得之,若知兄长下落,可一日而见面矣。"操愕然而悔。

却说玄德在袁绍处,旦夕烦恼。绍曰:"玄德何故常忧?"玄德曰:"二弟不知音耗,妻小陷于曹操,安得不忧。"绍曰:"吾欲进兵赴许都久矣,方今春暖,正好兴兵。"便商议破曹之策,议定,绍即遣大将颜良作先锋,进攻白马。军至黎阳,东郡太守刘延告急许昌。曹操急议兴兵抵敌,关公闻知,遂入相府见操曰:"闻丞相起兵,某愿为前部。"操恐公立功即去,因曰:"未敢烦将军,早晚有事,当来相请。"关公乃退。操遂引兵十五万,分三队而行,并自提军五万,先赴白马。遥望颜良前部精兵十万,排成阵势。操骇然,令宋宪、魏续先后出战,皆被颜良所斩。操曰:"今谁敢当良?"徐晃应声而出,与颜良战二十合,又败归本阵。诸将栗然,曹操军败,良亦退去。

操见连折二将,心中忧闷。程昱曰:"某举一人,可敌颜良。"操问:"是谁?"昱曰:"非关公不可。"操曰:"吾恐他立了功便去。"昱曰:"刘备若在,必投袁绍。今若使云长破袁绍之兵,绍必疑刘备而杀之矣。备既死,云长又何往乎?"操大喜,即差人去请关公。关公随即禀了二嫂,提青龙刀,上赤兔马,来见曹操。操即引关公上土山观看,曹操指山下颜良排的阵势,旗帜鲜明,枪刀森布,严整有威,乃谓关公曰:"河北人马,如此雄壮。"关公曰:"以吾观之,如土鸡瓦犬耳。"操又指曰:"麾盖之下,绣袍金甲、持刀立马者,乃颜良也。"关公举目一望,谓操曰:"吾观颜良,如插标卖首耳。"操曰:"未可轻视。"关公起身曰:"某虽不才,愿去万军中取其首级,来献丞相。"张辽曰:"军中无戏言,云长不可忽也。"关公奋然上马,倒提青龙刀,跑下山来,凤目圆睁,蚕眉直竖,直冲彼阵。河北军士,如波开浪裂。关公径奔颜良,良正在麾盖下,见关公冲来,方欲问时,关公赤兔马快,早已跑到面前。颜良措手不及,被云长手起一刀,刺于马下。忽地下马,割了颜良首级,拴于马项之下,飞身上马,提刀出阵,如入无人之境。河北兵将大惊,不战自乱。曹军乘势攻击,死者不可胜数。关公纵马上山,献首级于操前。操曰:"将军真神人也。"

当日颜良败军奔回,半路迎见袁绍,报说被赤面长髯,使大刀一勇将,匹马入阵,斩颜良而去,因此大败。绍惊问:"此人是谁?"沮受曰:"此必是刘玄德之弟关云长也。"绍大怒,欲斩玄德。玄德从容进曰:"我自徐州失散,二弟云长,未知存否。天下同貌者不少,岂赤面长髯之人,即为关某也,明公何不察之。"袁绍以为然,遂仍请玄德上帐,议报颜良之仇。帐下一人应声而进曰:"颜良与我如兄弟,今被曹贼所杀,我安得不雪其恨。"玄德视之,乃河北名将文丑也。袁绍大喜,即与他十万军兵,追杀曹操。玄德曰:"屡蒙大恩,无可报效,欲与文将军同行。一者报明公之德,二者就探云长的实信。"绍遂唤文丑同玄德而行。

且说曹操见云长斩了颜良,倍加钦敬,表奏朝廷,封云长为汉寿亭侯。忽报袁绍又使文丑渡黄河,已据延津之上。操自领兵迎之,行至延津,听得前军发喊,急教人看时。报说河北大将文丑兵至,我军皆弃粮草,四散奔走。操以鞭指南阜曰:"此可暂避。"人马急奔上阜。文丑军掩至,得了粮草、车仗,又来抢马,军士不依队伍,自相杂乱。曹操却令军士一齐下土阜击之,文丑军士自相践踏,丑料止遏不住,只得拨马而走。张辽、徐晃飞马赶去，大叫文丑休走。文丑回见二将赶上，遂按住铁枪，拈弓搭箭，正射张辽。辽低头急躲，一箭射中头盔，将簪缨射去。辽再追赶，坐下战马又被文丑一箭射中面颊，那马跪倒前蹄，张辽落地。文丑回马复来，赖徐晃急抡大斧截住厮杀，张辽得免性命。只见文丑后面军马齐到，晃料敌不过，拨马而回。文丑沿河赶来，忽见十余骑马，旗号翩翻。一将当头，提刀飞马而来，乃关云长也。大喝贼将休走，战不三合，文丑心怯，便拨马绕河而走。关公马快，赶上文丑，脑后一刀，将文丑斩下马来。曹操在土阜上见关公砍了文丑，大驱人马掩杀。河北军大半落水，粮草马匹，仍被曹军夺回。

云长引了数骑东冲西突，正杀之间，刘玄德领三万军随后到。前面哨马探知，报与玄德云："今番又是红面长髯的，斩了文丑。"玄德慌忙骤马来看，隔河望见一簇人马，往来如飞，旗上写着"汉寿亭侯关云长"七字。玄德暗谢天地曰："原来吾弟果然在曹操处。"欲待招呼相见，被曹兵大队拥来，只得收兵回去。军士回报袁绍曰："今番又是关某杀了文丑。"刘备佯推不知，袁绍大怒，命即推出斩之。玄德曰："容申一言而死。曹操素忌我，今知我在明公处，故特使云长诛杀二将，知公必怒，是借公之手而杀我也，愿明公思之。"袁绍曰："玄德之言甚是。"遂请玄德上帐而坐。玄德曰："受明公宽大之恩，无可补报，欲令一心腹人，持密书去见云长，使他知我消息。彼必星夜赶来，辅助明公，共诛曹操，以报颜良、文丑之仇，若何？"袁绍大喜。玄德随即修下书信，差人送去。关公得书，随看随哭，去志遂决。关公乃入内告知二嫂，随即至相府拜辞曹操。操知其意，乃挂回避牌于门。次日再往，门首又挂回避牌。公一连去了数次，皆不得见。乃往张辽处相探，欲言其事，辽亦托疾不出。关公思曰："此乃丞相不容我去之意，我岂可复留？"即写书辞别曹操，写毕封固，差人去相府投递。一面将屡次所受金银，一一封置库中，挂汉寿亭侯印于堂上。请二夫人上车，关公上赤兔马，提青龙刀，率领旧日跟随人役，护送车仗径出北门。门吏挡之，关公怒目横刀，大喝一声，门吏皆退避，公遂出门，往官道进发。却说，曹操正论关公之事未定，左右报关公呈书，曹操看毕，大惊曰："云长去矣。"忽北门守将，飞报关公夺门往北而去。又关公宅中差役，并将关公临去之事，一一报说，众皆愕然。操谓张辽曰："想云长去此不远，汝可先去请住他，待我与他送行。"辽领命，单骑先往，曹操引数十骑随后而行。

却说，云长所骑赤兔马，日行千里，本是赶不上，因欲护送车仗，不敢纵马，按辔徐行。忽听背后有人大叫："云长且慢行。"公回头视之，乃张辽也。关公曰："文远莫非欲追我回乎？"辽曰："非也。丞相知兄远行，欲来相送，特先使我请住台驾。"关公曰："便是丞相铁骑来，吾愿决一死战。"少顷，曹操至，谓曰："云长行何太速。"关公于马上欠身答曰："关某前曾禀过丞相，今故主在河北，不由某不急去。"操乃令一将下马，捧一锦袍过来，谓关公曰："将此略表寸心。"云长恐有变，不敢下马，用青龙刀尖挑锦袍披于身上，勒马回头称谢而去。

关公赶上车仗，催促前行，到了天晚，投一村庄安歇。庄主出迎，须发皆白，问曰："将军姓甚名谁？"关公施礼曰："吾乃刘玄德之弟关某也。"老人曰："莫非斩颜良、文丑的关公否？"公曰："便是。"老人大喜，便请入庄。关公曰："车上还有二位夫人。"老人便唤妻女，迎二夫人入内室款待，自于草堂款待关公。关公问老人姓名，老人曰："吾姓胡，名华。有小儿胡班，在荥阳太守王植部下为从事。将军若从此处经过，某有一书烦寄小儿。"关公允诺。次日早膳毕，请二嫂上车，取了胡华书信，相别而行，取路投洛阳来。

前至一关，名东岭关。把关将姓孔，名秀。当日关公押车仗上岭，军士报知孔秀。秀出关来迎，关公下马，与孔秀施礼。秀曰："将军何往？"公曰："某辞丞相，特往河北寻兄。"秀曰："河北袁绍，正是丞相对头。将军此去，必有丞相文凭。"公曰："因行期匆迫，不曾讨得。"秀曰："既无文凭，待我差人禀过丞相，方可放行。"关公曰："待去禀时，须误了我行程。"秀曰："法度所拘，不得不如此。"关公曰："汝不容我过关乎？"秀曰："汝要过去，留下老少为质。"关公大怒，举刀就杀孔秀。秀退入关去,鸣鼓聚军,披挂上马,杀下关来,大喝曰:"汝敢过去?"关公约退车仗,纵马提刀,竟不打话,直取孔秀。秀挺枪来迎,两马相交,只一合,钢刀起处,孔秀尸横马下,众军便走。关公曰:"军士休走,吾杀孔秀,不得已也,与汝等无干。借汝众军之口,传语曹丞相,言孔秀欲害我,我故杀之。"众军俱再拜而退,关公即请二夫人车仗前行。

行至洛阳关,早有军士报知洛阳太守韩福,韩福急聚众将商议。牙将孟坦曰:"既无丞相文凭,即系私行。若不阻挡,必有罪责。"韩福曰:"关公猛勇,颜良、文丑俱为所杀,今只可设计擒之。"孟坦曰:"吾有一计。先将鹿角拦定关口,待他到时,小将引兵和他交锋,佯败,诱他来追。公可用暗箭射之,若关某坠马,即擒解许都,必得重赏。"商议甫毕,忽有兵来报关公车仗已到。韩福弯弓插箭,引一千人马,排列关口,问来者何人。关公马上欠身言曰:"吾汉寿亭侯关某,敢借过路。"韩福曰:"有曹丞相文凭否?"关公曰:"事冗,不曾讨得。"韩福曰:"吾镇守此地,专一盘诘往来奸细。若无文凭,即系逃窜。"关公怒曰:"东岭孔秀,已被吾杀,汝亦欲寻死耶?"韩福曰:"谁人与我擒之?"孟坦出马,抡双刀来取关公。关公约退车仗,拍马来迎。孟坦战不三合,拨回马便走。关公赶来,孟坦只指望引诱关公,不想关公马快,早已赶上,只一刀砍为两段。关公勒马回来,韩福闪在门首,尽力放了一箭,正射中关公左臂。公用口拔出箭,血流不止。飞马径奔韩福,冲散众军。韩福急闪不及,关公手起刀落,带头连肩斩于马下。

于是关公割帛束住箭伤,保护车仗,连夜投沂水关来。把关将姓卞,名喜,善使流星锤。当下闻知关公将到,寻思一计。就关前镇国寺中,埋伏下刀斧手二百余人,诱关公至寺。约击盏为号,欲图相害。安排已定,出关迎接关公。公见卞喜来迎,便下马相见。喜曰:"将军名震天下,谁不敬仰。今归皇叔,足见忠义。"关公诉说斩孔秀、韩福之事。卞喜曰:"将军杀之是也。某见丞相,代禀衷曲。"关公甚喜,同上马,过了沂水关,到镇国寺前,有众僧鸣钟来迎,关公下马施礼。

原来那镇国寺,有僧三十余人。内有一僧,却是关公同乡人,法名普净。当下普净已知其意,向前与关公问讯,曰:"将军离蒲东几年矣?"关公曰:"将及二十年矣。"普净曰:"还认得贫僧否?"公曰:"离乡多年,不能相识。"普净曰:"贫僧家与将军家,只隔一条河。"卞喜见普净叙出乡里之情,恐有泄漏,乃叱之曰:"吾欲请将军赴宴,汝僧人何得多言?"关公曰:"不然,乡人相遇,安得不叙旧情耶。"普净请关公方丈待茶,关公曰:"二位夫人在车上,可先献茶。"普净教取茶先奉夫人,然后关公入方丈。普净以手举所佩戒刀,目视关公,公会意,命左右持刀紧随。卞喜请关公于法堂筵席,关公曰:"卞君请关某,是好意,还是歹意?"卞喜未及回言,关公早望见壁衣中有刀斧手,乃大喝卞喜曰:"吾以汝为好人,安敢如此。"卞喜知事泄,大叫左右下手。左右方欲动手,皆被关公拔剑砍之。卞喜下堂绕廊而走,关公弃剑执大刀来赶。卞喜暗取飞锤掷打关公,关公用刀将锤隔开,赶将入去,一刀劈卞喜为两段。随即回身来看二嫂,早有军人围住,见关公来,四散奔走。公于是谢别普净,保护车仗而行。

是日天晚,到了荥阳关。荥阳太守王植,却与韩福是两亲家,闻得关公杀了韩福,商议欲暗害关公,乃使人守住关口。待关公到时,王植出关,嬉笑相迎。关公诉说寻兄之事,植曰:"将军于路驱驰,夫人车上劳困,且请入城,馆驿中暂歇一宵,来日登途未迟。"关公见王植意甚殷勤,遂请二嫂入城。王植请公赴宴,公辞不往。植使人送筵席至馆驿,关公因于路辛苦,请二嫂晚膳毕,就正房歇定,令从者各自安歇,饱喂马匹,关公亦解甲憩息。王植探知,乃密令从事胡班曰:"关某背丞相而逃,又于路杀太守并守关将校,犯罪不轻。此人勇武难敌。汝今晚点一千军围住馆驿,一人一个火把。待三更时分,一齐放火,不问是谁,尽皆烧死。吾亦自引军接应。"胡班领命,便点起军士,密将干柴引火之物,搬于馆驿门首,约时举事。

胡班寻思,我久闻关云长之名,不识如何模样,试往窥之。乃至驿中,问驿吏曰:"关将军在何处?"答曰:"正厅上观书者是也。"胡班潜至厅前,见关公左手绰髯,于灯下凭几看书。班见了失声叹曰:"真天人也。"公问何人。胡班入拜曰:"荥阳太守部下从事胡班。"关公曰:"莫非许都城外胡华之子否?"班曰:"然也。"公唤从者于行李中取书付班。班看毕,叹曰:"险些误杀忠良。"遂密告曰:"王植心怀不仁,欲害将军,暗令人四面围住馆驿,约于三更放火。今某当先去开了城门,将军急收拾出城。"关公大惊。忙披挂提刀上马,请二嫂上车,尽出馆驿,果见军士各执火把听候。关公急来到城边,只见城门已开,关公催车仗急急出城,胡班还去放火。关公行不到数里,背后火把照耀,人马赶来。当先王植,大叫关某休走。关公勒马大骂:"匹夫,我与你无仇,如何令人放火烧我?"王植拍马挺枪,径奔关公,被关公拦腰一刀,砍为两段,人马都散。关公催车仗速行,于路感胡班不已。

　　行至滑州界首,有人报于刘延,原来刘延与关公相识,迎问曰:"公何往?"公曰:"辞了丞相去寻家兄。"延曰:"玄德在袁绍处,绍乃丞相仇人,如何容公去?"公曰:"昔日约会言定。"言毕,即催车仗前进。到了黄河渡关隘,秦琪引军出问来者何人。关公曰:"汉寿亭侯关某也。"琪曰:"今欲何往?"公曰:"欲投河北去寻兄长,敬求借渡。"琪曰:"丞相公文何在?"公曰:"吾不受丞相节制,有甚公文。"琪曰:"吾奉令守把关隘,你便插翅,也飞不过去。"关公大怒曰:"你知我于路斩戮拦截者乎?"琪曰:"你只杀得无名下将,敢杀我么。"关公怒曰:"汝比颜良、文丑若何?"秦琪大怒,纵马提刀,直取关公。二马相交,只一合,关公刀起,秦琪头落。关公曰:"挡吾都已死,余人不必惊走。速备船只,送我渡河。"军士急撑舟傍岸,关公请二嫂上船渡河,渡过黄河,便是河北地方。公于路上忽然逢着孙乾,始知玄德不在绍处。后又于古城逢着张飞,经了许多曲折,方才与玄德相会。计公当日离去许都北门后,一连过了五个关隘,斩了六员守关的将士,即后人所传关公"过五关,斩六将"也。

火烧博望坡

国韵小小说

火烧博望坡

三国时候，曹操挟天子以令诸侯，拥兵数十万，擅专征讨。灭袁绍，破袁术，擒吕布。长江以北，除荆州一带，尚为刘表所有外，其余各郡，已大半入曹操手中。曹操之势力愈大，遂欲一统天下，篡汉献帝之位而自为皇帝。所以终日操练军马，预备先夺取荆州，再夺江东。其时有汉献帝之堂叔刘备，与义弟关羽、张飞，一心欲灭曹操。无如势力不敌，处处为操所败，逃至荆州，投依堂兄刘表。表为人言所惑，不肯重用，但以新野一县，借与刘备为暂居之所。曹操屡次兴兵来攻，幸而刘备新得军师徐庶，字元直，善于用兵，得以苟安，不致为操兵所据。

后徐庶之母，为曹操设计骗去。徐庶救母情急，不得已乃辞了刘备，荐诸葛亮自代。亮字孔明，博学多能，善于用兵，号称卧龙先生，家住南阳卧龙岗。刘备与关、张三次往请，方得孔明允许。于是刘备尽将一切兵权付与孔明，一班文官武将，都听孔明指挥。刘备待孔明，胜如父师，因此关、张心中不服，以为孔明不过一文人，手无缚鸡之力，何能退敌。是日，探子来报，曹操遣大将夏侯惇领大兵十万，浩浩荡荡，杀奔新野而来，尚有先锋韩浩，勇不可当，副将李典、乐进等数十员，皆善战之将。关、张闻报，都道此番看孔明有何计策。只听得聚将鼓咚咚擂动，军师升坐大堂。文武官将,皆来参见孔明,听候号令。但见孔明面前案上排列几封锦囊。孔明取下一令箭,又取下一锦囊。关、张皆以为第一令,一定非关即张。张飞自以为勇力过人,第一令必定遣他,所以预先撩起战裙,一足跨出,面对孔明,以便闻呼即出。但听孔明徐徐令孙乾上前听令,于是堂上下皆愕然。原来孙乾是位文官,众人以为曹操大兵杀来,只有遣大将上前杀敌,岂有遣文官之理。今遣孙乾,必是孔明外行,尚未知孙乾是文官,所以众人面面相觑,即孙乾亦不敢出来接令。听孔明呼三次,无奈出班,上前打拱。孔明道:"公可带小卒十人,照锦囊之计而行,违令则斩。"孙乾勉强接令在手,退下阶沿,私自将锦囊一看,不觉大喜,于是含笑归班。此时孔明又呼简雍上前听令,简雍亦是文官,见孙乾含笑而立,乃大胆上前接令,亦得一锦囊而退。第三令遣赵云,赵云字子龙,乃刘备手下大将,惟此时尚未得名,故曹操但知关张而不知赵云,直待赵子龙在当阳道,从曹操百万军中冲出冲进,方知常山赵子龙乃是一员虎将。当时赵云闻唤,上前接令。孔明亦与一锦囊,并吩咐道:"此去能一枪伤韩浩者,功劳第一,两枪则功罪相抵,三枪则无功有罪,立即斩首。"赵云颇觉为难,勉强接令退下。以下是糜竺、糜芳、刘封、茅成、苟庄、刘辟、龚都七人,各得一封锦囊。关公亦得一锦囊,与诸将同时退出。张飞候令许久,见只剩了自己一人。再看军师案上,锦囊已完。令架上亦只剩得一支令箭，不觉发急，忙抢步上前请令。孔明道："令已发毕，将军可自休息。"张飞大叫道："某自随大哥以来，每战必在前敌，今日如何落后？愿请一令，生擒夏侯惇献于帐下。"孔明微笑道："恐擒不得夏侯惇耳。"张飞道："除是夏侯惇不来，来则必能擒获。"孔明遂付一令道："后日子时，夏侯惇必由巴陵道经过，将军在彼守候，不可放走。"张飞道："夏侯惇若来巴陵道，飞不能擒，愿以首级奉上；夏侯惇若不来巴陵道则如何？"孔明道："若不来，则亮愿以兵符印信奉让。"二人说定。孔明退帐，但见刘备愁眉不转，若有重忧。孔明道："主公莫非忧兵少乎？"刘备曰："然也，想此间兵不满千，只有九百五十余人，大将只有三员，如何拒敌得曹兵十万，"孔明道："兵不在多贵在精，且昔日元直亦曾将此数屡败曹兵。亮今略施小计，管教曹兵伤折大半。即日请主公出城，至博望坡饮酒观战如何，"刘备只得勉强答应。

　　此时夏侯惇的大兵，路上无阻，一直冲将下来。到诸葛亮发令之次日，头队先锋韩浩已引三万大兵直抵鹊尾坡，不见刘备兵将来阻，颇以为奇。因天色已晚，即令停营扎寨，发探子向前探听消息。随后中军都督夏侯惇、后军李典，亦引兵来到，一齐扎营，粮队上乐进发下军粮，军士们埋锅造饭。但见探子回报，新野城内并无一人，连百姓皆不知去向，大约刘备已经逃走。韩浩与夏侯惇因闻得新野兵不满千，不能拒敌大兵，所以逃走一说，深信不疑。却不料简雍奉孔明锦囊之计，劝谕全城百姓，一齐退向东南山中。糜竺、糜芳亦奉令保护刘备及文武各官家眷，出城避在安静荒僻之所，所以新野变了一座空城。有顷，曹兵捉得十一个百姓，来见夏侯惇。问起刘备，百姓们皆说已于昨日逃入博望坡山内。夏侯惇问肯引导否，百姓们起初不肯，后来禁不得夏侯惇再三威迫，才肯担任。于是发向韩浩营中住宿，犹恐是奸细，命人留心窃听他们言语。但见十一人吃毕饭，即横七竖八在草上鼾睡，并不交言。次日韩浩奉令，带领百姓及头队三万人先行，夏侯惇随后接应，乐进引三万兵把守粮寨。但是百姓们行得甚慢，直行至日已斜西，尚未望见博望坡。经不得韩浩严催，又走了许多时候，始望见前面山峰上白旗飘扬。十一人中有一人最善言语者，忽扬鞭一举，十一骑一齐飞奔而前，转瞬不见。韩浩大怒，驱兵直进，至白旗前。忽一声炮响，林内五十余人拥出，为首一将，盔歪甲锈，原来是赵云奉孔明将令，在此等孙乾引诱曹兵过来。今见孙乾已过去，所以引兵来阻韩浩。韩浩一见，以为此无名小将，不值问名，即举起金背大刀，向赵云劈面便砍。赵云将枪轻轻一架，回马即走，韩浩紧紧追赶。赵云已先在博望坡谷口内，拨转马头等候。韩浩舞刀而进，但见一枪自刀隙直奔咽喉，避已不及，即被赵云一枪将韩浩挑于马下。赵云随即驰上山头，越山而下，与五十余卒会于一处。早有小兵报夏侯惇，夏侯惇闻知韩浩被害，大怒，催兵前进，直入谷中。

但见谷中足容五六万人，四面皆山，树林丛杂。迎面山顶上，刘备与诸葛亮在彼饮酒。夏侯惇一见大喜，挥军进发，一时鼓声震天，杀声动地，直杀进谷中来。

刘备见之，忙呼先生。孔明徐徐道："主公盍再饮一杯？"刘备不答。有顷，见曹兵离山只一箭之遥，又呼先生。孔明微笑，仍只顾举杯饮酒，并言主公欲听琴否，于是取琴抚弦而操。刘备气极，以双手遮耳。少顷，但见曹兵已抵山足，汹汹欲上。刘备惊得拽住孔明衣服，大呼先生。孔明微笑，把手中羽扇微摇道："无妨。"但见帐后一面大红旗，突然竖立，原来摇羽扇是记号，背后刘封看见，即将红旗竖起。同时谷口亦竖起一面红旗，谷口两边。一声梆子响，十几辆车子，上载稻草，自山上掷下，柴中有火药，已点着，即时将谷口烧断。又有无数石块，在外面一方倾下，将谷口出路截住。于是曹兵截而为二，谷内五万，谷外三万，彼此不能救应。此时谷外后军无主，李典见谷形四面皆山，易受火攻，故纵马而前，来见夏侯惇，劝令退兵。夏侯惇因一心想擒刘备，所以不听李典之言。李典回马欲出，谷口已经截断，无路可走。赵云见谷口火起，引军来杀谷外兵马，曹兵无主，纷纷逃窜，自相践踏，死伤不计其数，有投降者，赵云皆收纳之。却说，谷口茅成、苟庄动手时，两边山上刘辟、龚都带同四百兵丁，各执稻柴一捆，柴内束一大火药包，药线通出在外，点着药线，向山掷下。山足下小树及草，已预先灌油，装上许多硫黄、烟硝引火之物。所以一经着火，即蓬蓬勃勃，大烧起来。曹兵遂不敢向两边上山，岂知正中山腰，刘封亦带了一百兵卒如法放火，山腰亦顿时烧着。曹兵急向后退，后面谷口，茅成、苟庄引一百兵卒，亦掷下火种。于是四面皆火，将五万曹兵，围在中央。忽闻一声轰响，前面地中一个地雷轰发，接连四面地雷都起，将五万曹兵，轰得断腿折臂，哭声震天，惨不忍闻。夏侯惇与李典东冲西突，虽被轰及数处，幸未致命。

此时天色已晚，博望坡中，火光烛天。张飞在巴陵山上，远远望见，拍手大乐，惟相距太远，瞭望不清。遂命手下十八骑燕将，与一百兵卒严守巴陵大道，若有曹兵踪迹，即来通报，大约夏侯惇必死于火中，不能至此矣。吩咐既毕，便飞马向对面山头驰去。犹嫌太远，复走到前面山巅，始望得略为清楚，不觉拍手狂呼军师妙计不止。谁知夏侯惇等四处寻觅生路，起初不见有一隙可乘，却好谷中西南本有一条小路，为刘辟筑一薄墙阻断，墙前又有数株小树，所以曹兵寻之不得。现树已烧至半烬，薄墙为火所逼，忽然坍倒，夏侯惇与李典适至此间，见了大喜，冒火冲出，引数千余骑，飞奔而逃。其余曹兵尚未得知，仍在火中乱窜，有舍命冒火上山者，皆为山上伏兵所杀，所以谷中曹兵，无一生者。且说，夏侯惇得脱火窟，觅路狂奔，不知不觉黑暗中误入一条山套，名为独龙套。套中无路可通，乃是关云长把守，奉军师锦囊计,预备下大牛二十头,牛角上皆缚利刃,尾上扎以稻草,草上涂油,五只为一排,共四排。此时见曹兵一齐冲入套中,关公下令点火,周仓与关平得令,即命步卒举起火把,向牛尾上点去。牛见身后火起,大惊,忙命向前奔去。夏侯惇与李典,正在奔走时,忽遇着一排火牛,飞奔而来,吓得魂不附体,皆道今番必死,急向身后山坳避入。此时只见周仓执锤,关平提刀,引了二百步卒,随于牛后杀来。可怜数千曹兵,或自相践踏,或为火牛角上利刃所刺,或为火牛踏死,或为周仓等所杀。顿时套中死尸成堆,血流成河。末后方见关公引二十四骑,缓缓而行。夏侯惇等待至人声稍静,方敢钻出山坳,逃至套外,觅路向巴陵道而去。

关公见夏、李已逃,并不追赶,命将牛尾火救熄,带领兵卒向鹊尾坡进发。鹊尾坡曹营中乐进,早已得败兵报知夏侯惇被困谷中,只因粮草辎重,非常重要,不敢前去救援。此时探子来报,汉寿亭侯关云长引兵来了,只吓得大惊失色,勉强掉枪上马,出营来会关公。早见关公已经列阵以待,乐进勒马向前,引身施礼道:"君侯莫非来劫粮否?"关公道:"然也。"乐进哀告道:"君侯可否念昔日丞相相待之情,饶此一遭。"关公道:"某奉军师将令,不敢徇私。"乐进见乞情不得,猛起一枪,向关公马头上刺来。关公正欲起刀招架,但见周仓一跃而前,呼道"割鸡焉用牛刀",即举起手中铁锤,向乐进枪上一击。乐进架不住枪,手一松,枪已坠在地下。周仓又迎面一锤,乐进闪避不迭,向后一仰,跌于地上,口中大呼君侯饶命。关公知乐进乃无用之徒,杀之不勇,乃命周仓住手。乐进方敢爬起,提枪上马,飞奔逃去。关公带二百余兵卒,一齐冲入曹营,曹兵不敢抵敌,皆纷纷逃窜,或伏地投降。关公即将曹营粮草辎重,检点清楚,解回新野。乐进召集残兵,在大路上停住,命人探听夏侯惇、李典生死消息。

却说,夏侯惇一路向巴陵道来,与李典私议道:"刘备手下,关、张最勇,关公已遇着过了,尚未遇着张飞,大约必在巴陵道上,不可不预为之计。"乃命小卒往前探视,有无张飞旗号。小卒来至巴陵山前。望见十八骑燕将,来回巡行。小卒隐身石后,但闻燕将道:"此时正当夜半子时,军师说定夏侯惇必来。奈何张将军尚在前面山头观火,曹兵倘到,我等如何敌得?"小卒听了回报,夏侯惇大喜道:"此时张飞既不在此,我等速向前夺路。"于是直奔巴陵山前而来,燕将见之,急时命小卒去报知张飞。小卒到得张飞马前,已跑得满身是汗,喘息得开口不出,及至开口禀报,则张飞尚在拍手狂呼军师妙计,所以并不听见。小卒禀至再三,张飞方才听得,旋转马头飞奔回去。来时嫌看不清楚,不惜越过一重山。此时又嫌多此一重山,到得巴陵道上,则燕将等早已望眼欲穿,夏侯惇去已多时。张飞始想起赌首级之事,不觉大惊,忙向前追赶,并不见曹兵踪影。至前面双岔路口,一是大道，一是小路。张飞立住，狐疑不决，正不知曹兵向何路而去。忽见小路上有战靴一双，以为一定是走的小路，遂竟向小路进赶。将近四更，尚不见曹兵，张飞始悟道："我中计矣，曹兵走的必是大路，故意以靴诱我，我今追亦无益。"于是率领兵卒，垂头丧气而归。夏侯惇逃至大路，遇见乐进，乃一同归见曹操。幸而曹操并不见责，夏侯惇方安心而退，请医调养火伤。后人因夏侯惇善逃，所以戏呼人之逃走者为夏侯惇云。

且说，张飞回到新野，但见百姓已归，市面如常。至辕门下马，探问众将。知文官中孙乾因假装百姓，引曹兵到博望坡，功受上赏。赵云与关公各得二功，其余众将官，无不有功。惟有张飞一人，空手回来，自觉羞惭。忽闻军政官传呼："张将军生擒夏侯惇，功居第一，军师将以兵符印信相让，请张将军即刻进见。"张飞满面含羞，登堂请罪。孔明起初定欲按军令斩首，后经刘备、关公力求，孔明方允不斩，但罚张飞清理战场。从此新野城中，人人皆服军师号令。孔明命简雍检点所得曹营粮数，简雍点讫，入报，谓足支十万大军三月之食。孔明大喜，即将新降兵卒编入队伍，日日操练，以待曹兵再来。夫孔明所部，不及千人，卒胜曹兵十万，此足见兵贵精不贵多，亦在用之者何如。彼后世之专务招募，虚糜饷项者，其亦可以鉴矣。

长坂坡

湖北当阳县有一座土坡,名为长坂坡,即三国时赵云单骑救阿斗处。先是曹仁被关羽、张飞败后,收拾残军,就新野屯住,使曹洪去见曹操,具言诸葛亮火烧新野之事。操大怒曰:"诸葛村夫,安敢如此。"催动三军,漫山遍野,至新野下寨。传令三军,一面搜山,一面填河,大军分作八路,一齐去取樊城。

刘备探知消息,问计于孔明。孔明曰:"可速弃樊城,取襄阳暂歇。"玄德曰:"奈百姓相随,安忍弃之?"孔明曰:"可令人遍告百姓,如有愿随者,同去;不愿者留下。"先使云长往江岸整顿船只,令孙乾、简雍在城中扬声曰:"今曹兵将至,孤城不可久守。百姓愿随者,便同渡江。"两县之民齐声大呼曰:"我等虽死,亦愿随使君。"继日号泣而行,扶老携幼,将男带女,滚滚渡河,两岸哭声不绝。玄德于船上望见,大恸曰:"为吾一人,而使百姓遭此大难,吾何生哉。"欲投江而死,左右急救止,闻者莫不痛哭。船到南岸,回顾百姓有未渡者,向南而哭。玄德急令云长催船渡之,方才上马。行至襄阳东门,玄德勒马大叫曰:"刘琮贤侄,吾但欲救百姓,并无他念,可快开门。"刘琮闻玄德至,惧而不出。孔明曰:"江陵乃荆州要地,不如先取江陵为家。"玄德曰:"正合吾心。"

于是引着百姓,尽离襄阳大路,往江陵而走。襄阳城中百姓，多有乘乱逃出城来，跟玄德而去。路过刘表之墓，玄德率众将拜于墓前，哭告曰："辱弟备，无德无才，负兄寄托之重，罪在备一身。望兄英灵，垂救荆襄之民。"言甚悲切，军民无不下泪。忽哨马报说，曹操大军已屯樊城，使人收拾船筏，即日渡江赶来也。众将皆曰："江陵要地，足可拒守。今拥民众数万，日行十余里，似此几时得至江陵？倘曹兵到，如何迎敌？不如暂弃百姓，先行为上。"玄德泣曰："举大事者必以人为本，今归我，奈何弃之。"于是拥着百姓，缓缓而行。孔明曰："追兵不久即至，可遣云长往江夏求救于公子刘琦。教他速起兵乘船，会于江陵。"玄德从之，即修书令云长同孙乾带五百军，往江夏求救。令张飞断后，赵云保护老小，其余俱管顾百姓而行，每日只走十余里便歇。行了二十余日，忽哨马来报曰："曹操令文聘引兵开道，并教各部下精选五千铁骑，星夜前进，限一日一夜赶上，大军随后陆续而来。"玄德闻报，大吃一惊。孔明曰："云长往江夏去了，绝无回音，不知若何。"玄德曰："敢烦军师亲自走一遭。"孔明允诺，便同刘封引五百军，先往江夏求救去了。

　　当日玄德自与简雍、糜竺、糜芳同行。正行间，忽然一阵狂风吹起，尘土冲天，遮蔽红日。玄德惊曰："此何兆也？"简雍颇明阴阳，袖占一课，失惊曰："此大凶之兆也，应在今夜，主公可速弃百姓而走。"玄德曰："百姓从新野相随至此，吾安忍弃之？"雍曰："主公若恋而不弃，祸不远矣。"玄德问前面是何处,左右答曰:"前面是当阳县,有座山名为景山。"玄德便教就此山扎住。时秋末冬初,凉风透骨,黄昏将近,哭声遍野。至四更时分,只听得西北喊声,震地而来。玄德大惊,急上马,引本部精兵二千余人迎敌。曹兵掩至,势不可当,玄德死战。正在危迫之际,幸得张飞引军至,杀开一条出路,救玄德往东而走。

张飞保着玄德,且战且走,奔至天明。闻喊声渐渐远去,玄德方才歇马。看手下随行人,只有百余骑。百姓老小,并糜竺、糜芳、简雍、赵云等大众人,皆不知下落。玄德大哭曰:"十数万生灵,皆因恋我,遭此大难。诸将及老小,皆不知存亡,虽土木之人,宁不悲乎。"正凄惶时,忽见糜芳身带数箭,踉跄而来,口言赵子龙反投曹操去也。玄德叱曰:"子龙是吾故交,安肯反乎?"张飞曰:"他今见我势穷力尽,或者反投曹操,以图富贵耳。"玄德曰:"子龙从我于患难,心如铁石,非富贵所能动摇也。"糜芳曰:"我亲见他投西北去了。"张飞曰:"待我亲自寻他去。若撞见时,一枪刺死。"玄德曰:"休错疑了。子龙此去,必有事故,吾料子龙必不弃我也。"张飞哪里肯听,引二十余骑,至长坂桥,见桥东有一带树木。飞生一计,教所从二十余骑,都砍下树枝,拴在马尾上,在树林内往来驰骋,冲起尘土,以为疑兵。飞却亲自横矛立马于桥上,向西而望。

却说赵云自四更时分,与曹军相杀,往来冲突。杀至天明，寻不见玄德，又失了玄德老小，云自思曰："主人将甘、糜二夫人与小主人阿斗，托付在我身上。今日军中失散，有何面目去见主人，不如去决一死战，好歹要寻主母与小主人下落。"回顾左右，只有三四十骑相随，云拍马在乱军中寻觅。二县百姓，号哭之声，震动天地，中箭着枪，抛弃男女而走者，不计其数。赵云正走之间，见一人卧在草中，云视之，乃简雍也。云急问曰："曾见两位主母否？"雍曰："二主母弃了车仗，抱阿斗而走。我飞马赶去，转过山坡，被一将刺了一枪，跌下马来。马被夺了去，我争斗不得，故卧在此。"云乃将从人所骑之马，借一匹与简雍骑坐，又着二卒扶护简雍先去，报与主人："我上天入地，好歹寻主母与小主人来；如寻不见，死在沙场上也。"说罢，往长坂坡而去。

忽一人大叫，"赵将军哪里去？"云勒马问曰："你是何人？"答曰："我乃刘使君帐下护送车仗的军士，被箭射倒在此。"赵云便问二夫人消息，军士曰："恰才见夫人披头跣足，相随一伙百姓妇女，投南而走。"云听说，也不顾军士，急纵马往南赶去。只见一伙百姓男女数百人，相携而走，云大叫曰："内中有甘夫人否？"夫人在后面望见赵云，放声大哭。云下马插枪而泣曰："使主母失散，云之罪也。糜夫人与小主人安在？"甘夫人曰："我与糜夫人被逐，弃了车仗，杂于百姓内步行。又撞见一支军马冲散，糜夫人与阿斗，不知何往，我独自逃生至此。"正言间，百姓发喊："又撞出一支军来。"赵云拔枪上马看时,面前马上绑着一人,乃糜竺也。背后一将,手提大刀,引着千余军,乃曹仁部将淳于导拿住糜竺,正要押去献功。赵云大喝一声,挺枪纵马,直取淳于导。导抵敌不住,被云一枪刺落马下,向前救了糜竺,夺得马二匹。云请甘夫人上马,杀开一条出路,直送至长坂坡。

只见张飞横矛立马于桥上,大叫:"子龙!你如何反我哥哥!"云曰:"我寻不见主母与小主人,因此落后,何言反耶。"飞曰:"若非简雍先来报信,我今见你,怎肯甘休也。"云曰:"主公在何处?"飞曰:"只在前面不远。"云谓糜竺曰:"糜子仲保甘夫人先行,待我仍寻糜夫人与小主人去。"言罢,引数骑再回旧路。正走之间,见一将手提铁枪,背着一口剑,引十数骑,跃马而来。赵云便不通话,直取那将。交马只一合,把那将一枪刺倒,从骑皆走。原来那将乃曹操随身背剑之将夏侯恩也。曹操有宝剑两柄,一名倚天,一名青虹。倚天剑自佩之,青虹令夏侯恩背之。那青虹剑砍铁如泥,锋利无比。当时夏侯恩自恃勇力,背着此剑,只顾引人抢夺掳掠,不想撞着赵云,被他一枪刺死,夺了那柄剑。看靶上有金嵌"青虹"二字,方知是宝剑也。

云插剑提枪,复杀入重围。回顾手下从骑,已无一人,只剩得孤身。云并无半点退心,只顾往来寻觅,但逢百姓,便问糜夫人消息。忽一人指曰:"夫人抱着孩儿,左腿上着了枪,行走不得,只在前面墙根坐地。"赵云听了,连忙追寻。

只见一个人家,被火烧坏土墙,糜夫人抱着阿斗,于墙下井旁啼哭,云急下马伏地而拜。夫人曰:"妾得见将军,阿斗有命矣。望将军可怜他父亲飘零半世,只有这点骨血,将军可护持此子,教他得见父面,妾死无恨。"云曰:"夫人受难,云之罪也。不必多言,请夫人上马,云自步行死战,保夫人透出重围。"糜夫人曰:"不可,将军岂可无马?此子全赖将军保护,妾已重伤,死何足惜。望将军速抱此子前去,勿以妾为累也。"云曰:"喊声将近,追兵已至,请夫人速速上马。"糜夫人曰:"妾身委实难去,休得两误。"乃将阿斗递与赵云曰:"此子性命,全在将军身上。"赵云三回五次请夫人上马,夫人只不肯上马。四边喊声又起,云厉声曰:"夫人不听吾言,追军若至,为之奈何。"糜夫人乃弃阿斗于地,翻身投井而死。

赵云见夫人已死,恐曹军盗尸,便将土墙推倒,掩盖井口。掩讫,解开勒甲绦,放下掩心镜,将阿斗抱护在怀,提枪上马。早有一将引一队步军至,乃曹洪步将晏明也,持三尖两刃刀来战赵云,不三合,被赵云一枪刺死,杀散众军,冲开一条路。正走间,前面又一支军马拦路,当先一员大将,旗号分明,大书"河间张郃"。云更不答话,挺枪便战,约十余合,云不敢恋战,夺路而走。背后张郃追来,云加鞭而行,不想一个踉跄,连人和马,颠入土坑之内。张郃挺枪来刺,忽然那匹马凭空一跃,跳出坑外。张郃见了,大惊而退。赵云纵马正走。背后忽有二将，大叫"赵云休走"；前面又有二将，使两般军器，截住去路。后面赶的，是马延、张颉；前面阻的，是焦触、张南。赵云力战四将，曹军一齐拥至。云乃拔青釭剑乱砍，手起处，衣甲透过，血如涌泉，杀退众军，直透重围。

却说，曹操在景山顶上，望见一将，所到之处，威不可当，急问左右是谁。曹洪飞马下山大叫曰："军中战将，可留姓名？"云应声曰："吾乃常山赵子龙也。"曹洪回报曹操，操曰："真虎将也，吾当生致之。"遂令飞马传报各处，如赵云到，不许放冷箭，只要捉活的。因此赵云得脱此难，此亦阿斗之福所致也。这一场杀，赵云怀抱后主，直透重围，砍倒大旗两面，夺槊三条，前后枪刺剑砍，杀死曹营名将五十余员。赵云当时杀出重围，已离大阵，血满征袍。正行间，山坡下又撞出两支军，乃夏侯惇部将钟缙、钟绅兄弟二人，一个使大斧，一个使画戟，大喝："赵云，快下马受缚。"并拦住去路。赵云挺枪便刺，钟缙当先挥大斧来迎。两马相交，战不三合，被云一枪刺落马下，夺路便走。背后钟绅持戟赶来，马尾相衔，那支戟只在赵云后心内弄影。云急拨转马头，恰好两胸相拍。云左手持枪，隔过画戟，右手拔出青釭宝剑砍去，带盔连脑，砍去一半。绅落马而死，余众奔散。赵云得脱，往长坂桥而走。

只闻后面喊声大震，原来文聘引军赶来。赵云到得桥边，人困马乏，见张飞挺矛立马于桥上，云大呼曰："翼德援我。"飞曰："子龙速行，追兵我自挡之。"云纵马过桥，行二十余里，见玄德与众人憩于树下，云下马伏地而泣，玄德亦泣。云喘息而言曰："赵云之罪，万死犹轻。糜夫人身带重伤，不肯上马，投井而死。云只得推土墙掩之，怀抱公子，身突重围。赖主公洪福，幸而得脱。适才公子尚在怀抱中啼哭，此一会不见动静，想是不能保也。"遂解视之，原来阿斗正睡着未醒，云喜曰："幸得公子无恙。"双手递与玄德，玄德接过，掷之于地曰："为汝这孺子，几损我一员大将。"赵云忙向地下抱起阿斗，泣拜曰："云虽肝脑涂地，不能报也。"

却说，文聘引军追赵云至长坂桥，只见张飞倒竖虎须，圆睁环眼，手执蛇矛，立马于桥上。又见桥东树林之后，尘头大起，疑有伏兵，便勒住马，不敢近前。后面曹仁、夏侯惇、夏侯渊、乐进、张辽、张郃、许褚等都至，见飞怒目横矛，立马于桥上。又恐是诸葛孔明之计，都不敢近前，扎住阵脚，一字儿摆在桥西，使人飞报曹操。操闻知，急上马，从阵后来。张飞隐隐望见，料得是曹操心疑，亲自来看。飞乃厉声大喝曰："我乃燕人张翼德也，谁敢与我决一死战？"声如巨雷，曹军闻之，尽皆股栗。曹操回顾左右曰："吾向曾闻云长言，翼德于百万军中，取上将之首，如探囊取物。今日相逢，不可轻敌。"言未已。张飞睁目又喝曰："燕人张翼德在此，谁敢来决死战？"曹操见张飞如此气概，颇有退心。飞望见曹操后军阵脚移动,乃挺矛又喝曰:"战又不战,退又不退,却是何故?"喊声未绝,曹操身边夏侯杰,惊得肝胆碎裂,倒撞于马下。操便回马而走,于是诸军众将,一齐往西逃奔,弃枪落盔者,不计其数,人如潮涌,马似山崩,自相践踏。

曹操往西而走,冠簪尽落,披发奔逃。张辽曰:"丞相休惊,料张飞一人,何足深惧。"曹操方才神色稍定,乃令张辽、许褚,再至长坂桥,探听消息。且说张飞见曹军一拥而退,不敢追赶,速唤原随廿余骑,摘去马尾树枝,令将桥梁拆断,然后回马来见玄德,具言断桥一事。玄德曰:"吾弟勇则勇矣,但不合拆断桥梁。"飞曰:"他被我一喝,倒退数里,何敢再追。"玄德曰:"若不断桥,彼恐有埋伏,不敢进兵。今拆断了桥,彼料我无军,必来追赶。"于是即刻起身,从小路往汉津而走。行了数里,忽见后面尘土大起,鼓声连天,喊声震地。玄德曰:"前有大江,后有追兵,如之奈何?"急命赵云准备御敌。忽山坡后鼓声响处,一队军马飞出,大叫曰:"我在此等候多时了。"当头那员大将,原来是关云长,去江夏借得军马一万,探知当阳长坂大战,特地截出。曹操一见云长,即勒住马,回顾众将曰:"又中诸葛孔明之计也。"传命大军速退。

云长追赶十数里,即回军保玄德等。到汉津,已有船只伺候,云长请玄德并甘夫人、阿斗至船中。坐定,云长问曰:"二嫂嫂如何不见?"玄德诉说当阳之事。正说之间,忽见南岸战鼓大鸣,舟船如蚁。玄德大惊,船来至近。只见一人白袍银铠,立于船头上,大呼曰:"叔父别来无恙,小侄得罪。"玄德视之,乃刘琦也。琦过船,正诉情由,忽西南上战船一字儿摆开,乘风而至。刘琦惊曰:"江夏之兵,小侄已尽起至此矣,此战船必曹操之军也,如之奈何。"玄德出船头视之,见一人纶巾道服,坐在船头上,乃孔明也,背后立着孙乾。玄德慌请过船,问何故在此。孔明曰:"亮自至江夏,先令云长来接。又料曹操必来追赶,主公不从江陵,必斜取汉津,故特请公子先来接应。我径往夏口,尽起军前来相助。"玄德大悦,遂合一处,商议破曹之策。这便是赵云单骑救主,张飞在长坂坡喝退曹兵的一段故事。

火烧赤壁

国韵小小说

火烧赤壁

话说,湖北嘉鱼东北滨江之地,有一座山,名为赤壁山,三国时东吴都督周瑜字公瑾,用火攻烧曹操八十三万人马,即此处也。先是周瑜进兵三江口,大胜一阵,乃乘机偷看曹操水寨。看时,大惊曰:"此深得水军之法,水军都督是谁?"左右曰:"蔡瑁、张允。"瑜思曰:"二人谙习水战,吾必设计以除之。"正窥看间,早有曹军飞报曹操,操乃聚众谋士商议。有一帐下幕宾,姓蒋,名干,字子翼,进曰:"此只可用计破之。"操曰:"何计?"干曰:"某与周郎同窗交契,愿往江东,说此人来降。"操大喜。干乘舟径到周瑜寨中,命传报故人蒋干相访。瑜闻报,笑谓诸将曰:"说客至矣。"遂与众将附耳低言如此如此,众将应命。瑜乃出迎,干入,问曰:"公瑾别来无恙?"瑜曰:"子翼良苦,远涉江湖,为曹氏做说客耶?"干曰:"吾特来叙旧,既疑我,请告辞。"瑜笑而挽其臂曰:"既无此心,何速去也。"遂同入帐。坐定,即命诸将与子翼相见。见毕,就列于两旁而坐。大张筵席,轮换行酒。瑜告众官曰:"此吾同窗契友,虽从江北来,却不是说客,公等勿疑。"又解佩剑付部将太史慈曰:"公可佩我剑作监酒。今日宴饮,但叙友情,如有提起曹操与东吴军旅之事者,即斩之。"慈应诺。干愕然不敢多言,饮至天晚,干辞曰:"不胜酒力矣。"瑜命撤席,诸将辞出。瑜曰:"久不与子翼同榻,今宵正可抵足而眠矣。"

于是瑜佯作大醉之状,携干入帐共寝,随即和衣倒卧,呕吐狼藉,蒋干如何睡得着,伏枕听时,军中鼓打二更。起视残灯尚明,看周瑜时,鼻息如雷。干见案上堆着一卷文书,乃起床偷视之,却都是往来书信。内有一封,上写"蔡瑁、张允谨封"。干大惊,暗读一过,得悉张、蔡二人结连东吴,遂将书暗藏于衣内。再欲检看他书时,床上周瑜翻身。干急灭灯就寝,瑜口内含糊曰:"子翼,我数日之内,教你看曹操之首。"干勉强应之,瑜又曰:"子翼且住,教你看曹操之首。"及干问之,瑜又睡着。干伏于床上,将及四更,只听得有人入帐,唤曰:"都督醒否?"瑜梦中做忽觉之状,故问那人曰:"床上睡着何人?"答曰:"都督请子翼同寝,何故忘却?"瑜懊悔曰:"吾平日未尝饮酒,昨日醉后失事,不知可曾说甚言语?"那人曰:"江北有人到此。"瑜喝低声,便唤子翼,蒋干只装睡着。瑜潜出帐,干窃听之,只闻有人在外曰:"张、蔡二都督道,急切不得下手。"后面言语颇低,听不真实。少顷,瑜入帐,又唤子翼,干蒙头假睡,只是不应,瑜乃解衣就寝。干寻思周瑜是个精细人,天明寻书不见,必然害我。睡至五更,起唤周瑜,瑜却睡着。干乃潜步出帐,径出辕门,寻着船只,飞棹回见曹操。

操见干回,问曰:"其事若何?"干曰:"虽不能说周瑜,却与丞相打听得一件事。"乞退左右,干取出书信,并将上项事逐一说与曹操。操大怒，即唤张允、蔡瑁至，令武士推出斩之。细作探知，报过江东，周瑜大喜。且说，曹操寻思诸葛亮现在江东，与周瑜设计，急切难破。乃遣蔡瑁族弟蔡中、蔡和二人，先去东吴诈降，为奸细内应，以通消息。是时周瑜正理会进军之事，忽报江北有船来此，称是蔡中、蔡和，因族兄蔡瑁无罪被杀，欲报其仇，特来投降。瑜大喜，即命唤入，令与甘宁引军为前部。瑜又暗嘱甘宁，宁领命而去。适部将黄盖字公覆潜入军中来见，瑜又与黄盖密议，盖应诺，遂辞出。次日，周瑜鸣鼓大会诸将，令各领三个月粮草，准备御敌。言未讫，黄盖进曰："莫说三个月，便支三十个月粮草，也不济事。"瑜勃然大怒曰："今两军相敌之际，汝敢出此言，慢我军心！"喝左右推出斩之。盖亦怒曰："吾自随孙氏，纵横东南，已历三世，哪有你来。"瑜大怒，唤令速斩。甘宁方欲进劝，瑜即叱左右，将宁乱棒打出。众官哀求，瑜怒未息，众官再三苦苦哀求，瑜乃曰："看汝众官面上，暂且免死。"命左右拖翻，打一百脊杖，以正其罪。众官又告免，瑜推翻案桌，斥退众官。喝教行杖，将盖剥了衣服，拖翻在地，打了五十脊杖。众官复苦苦哀求，瑜跃起指盖曰："汝敢小觑我耶？且寄下五十杖，再有怠慢，二罪俱罚。"恨声不绝而入帐中。众官扶起黄盖，归到本寨。忽报参谋阚泽来问，盖令请入卧内，斥退左右，谓曰："某受吴侯厚恩，无以为报，故献此计。今修下诈降书，烦公献于曹操。"泽允诺，当即领了书,扮作渔翁,驾小舟向北而行。是夜到了曹军水寨,巡江军士拿住,连夜报知曹操:"有一个渔翁,自称是东吴参谋阚泽,有机密事来见丞相。"操即教军士引入。泽至,只见帐下灯烛辉煌,操凭几危坐问曰:"汝既是东吴参谋,来此何干?"泽曰:"人言曹丞相求贤若渴,今观此问,甚不相合,黄公覆汝错寻思也。"操曰:"吾与东吴,且夕交兵。汝私行到此,如何不问。"泽曰:"公覆乃东吴旧臣,今被周瑜无端毒打,不胜愤恨,特谋之于我,欲来投降。吾与公覆情同骨肉,径来为献密书,未知丞相肯容纳否。"操曰:"书在何处?"泽把书呈上。操拆书就灯下看了十余次,忽拍案张目大怒曰:"黄盖用苦肉计,令汝下诈降书,就中取事,却敢来戏侮我耶。"便命左右推出斩之。泽面不改色,仰天大笑。操教牵回,叱曰:"吾已识破奸计,汝何故哂笑。"泽曰:"汝且说书中哪件事是奸计?"操曰:"吾说出你那破绽,教你死而无怨。你既是献书投降,如何不明约几时?"泽大笑曰:"岂不闻背主作窃,不可定期。倘今约定日期,急切下不得手,这里反来接应,事必泄漏。但可觑便而行,安可预期订约乎?"操闻言,改容下席称谢,并取酒待之。

少顷,有人入帐,向操耳私语,操曰:"将书来看。"其人以密书呈上,操看之,颜色颇喜。阚泽暗思此必二蔡来报黄盖受刑消息,操故喜我投降之事为真实也。操曰:"烦先生再回江东,与公覆约定。先通消息,吾以兵接应。"泽即辞别曹操,回见黄盖。盖甚喜,泽又往甘宁寨中,使宁故作咬牙切齿,愤骂周瑜之状,以窥蔡中、蔡和之意,果然二蔡吐出心腹之事。于是四人共饮,同诉心事。二蔡实时写书,密报曹操。泽另自修书,遣人密报曹操。书中具言黄盖欲来,未得其便,但看船头插青龙牙旗而来者是也。却说,曹操连得二书,疑惑不定。乃令蒋干再往东吴,探听实信。干即驾小舟,径到江南水寨,使人传报。周瑜听得干又来,大喜曰:"吾之成功,只在此人身上。"随使人去请蒋干。干入帐,瑜作色曰:"子翼何故欺我太甚!"干笑曰:"吾特吐心腹事,何言相欺。"瑜曰:"前番吾念旧日交情,请你痛饮,留你共榻。你却盗我私书,不辞而去,归报曹操,杀了蔡瑁、张允,致使吾事不成。今日又来,必不怀好意。若不看旧日之情,一刀两断。"言罢,便教左右送往西山庵中歇息。"待吾破曹后,渡你过去未迟。"干再欲开言,瑜已入帐后去了。

左右即送干到西山庵内歇息。干心中忧闷,寝食不安。是夜独步出庵后,忽听读书之声,信步寻去,见山畔有草屋数椽,内射灯光。往窥之,只见一人挂剑灯前,诵孙吴兵书。干思此必异人也,叩户请见。其人开门出迎,干问姓名。答曰:"姓庞,名统,字士元。"干喜曰:"久闻大名,何僻居于此?"答曰:"周瑜自恃才高,不能容物,吾故隐居于此。公乃何人?"干曰:"吾蒋干也。"统遂邀入草庵,共坐谈心。干曰:"以公之才,何往不利。若肯归曹,干当引进。"统曰:"吾久欲离此,公既肯引进,便当一行。若迟,周瑜闻之,必将见害。"于是与干连夜下山,至江边,寻着原来船只,飞棹过江。既至,干先入见,备说前事。操闻庞士元来,亲自出迎,相见甚欢,并邀统观看水陆各寨,统极口称赞。操大喜,回寨置酒共饮,同说兵机。统高谈雄辩,应答如流,操深敬服。

庞统忽佯醉曰:"敢问军中有良医否?"操问:"何用?"统曰:"水军多疾,须用良医治之。"时操军因不服水土,俱生呕吐之疾,操正虑此事,忽闻统言,如何不问。统曰:"丞相教练水军之法甚妙,但可惜不全。"操再三请问,统曰:"某有一策,使大小水军,并无疾病,安稳成功。"操曰:"请问妙策。"统曰:"大江之中,潮生潮落,风浪不息。北军不惯乘舟,受此颠簸,故生疾病。若以大小船只,各皆配搭,或三十为一排,或五十为一排,首尾用铁连环锁,上铺阔板。休言人可渡,马亦可行矣。"操大喜,即时传令唤军中铁匠,连夜打造连环大钉,锁住船只。诸军闻之,俱各喜悦。统又谓操曰:"江东豪杰,多有怨周瑜者。某凭三寸舌,说之来降。周瑜孤立无援,必为丞相所擒矣。"操深然之,统即拜别而行。

却说,周瑜一日到山顶上,看隔江战船。正看间,忽狂风大作,江中波涛拍岸,一阵风过,刮起旗角,于周瑜脸上拂过。瑜猛然想起一事在心,大叫一声,往后便倒,口吐鲜血,诸将急救归寨,却早不省人事。时吴臣鲁肃见周瑜卧病,心中忧闷,来见孔明,言周瑜猝病之事。孔明笑曰:"公瑾之病,亮亦能医。"肃曰:"诚如此,则国家万幸。"即请孔明同去看病。肃先入见周瑜,瑜以被蒙头而卧。肃曰:"都督病势若何?"瑜曰:"心腹觉痛,时复昏迷。"肃曰:"适间去望孔明,言能医都督之病。现在帐外,请来医治,何如?"瑜命请入,教左右扶起,坐于床上。孔明曰:"连日不晤,何期贵体不安?"瑜曰:"人有旦夕祸福,岂能自保?"孔明笑曰:"天有不测风云,人又岂能料乎?"瑜闻失色,乃作呻吟之声。孔明曰:"都督心中,似觉烦积否?"瑜曰:"然。"孔明曰:"须用凉药以解之。"瑜曰:"已服凉药,全然无效。"孔明曰:"须先理其气,气若顺,则呼吸之间,自然痊愈。"瑜料孔明必知其意,乃以言挑之曰:"欲得顺气,当服何药?"孔明笑曰:"亮有一方,便教都督气顺。"瑜曰:"愿即赐教。"孔明索纸笔,屏退左右,密书十六字曰:"欲破曹公,宜用火攻。万事俱备,只欠东风。"写毕,递与周瑜曰:"此都督病源也。"瑜见了,大惊,暗思孔明已知我心事,只索以实情告之,乃笑曰:"先生已知我病源,将用何药治之?"孔明曰:"亮虽不才,曾遇异人传授,可以呼风唤雨。都督若要东南风时,可于南屏山上建一台,名曰'七星坛'。高九尺,作三层,用一百二十人,执旗围绕。亮于台上作法,借三日三夜东南大风,助都督用兵,何如?"瑜曰:"休道三日三夜,只一夜大风,大事可成。只是事在目前,不可迟缓。"孔明曰:"十一月二十日甲子祭风,至二十二日丙寅风息,如何?"瑜闻言,大喜,矍然而起,便传令差精壮军士前往筑坛,拨一百二十人执旗,听候使令。孔明于是辞别出帐,来到南屏山,相度地势,令军士取东南方赤土,依了方位,筑起坛来,于十一月二十日甲子吉辰,沐浴斋戒,身披道衣,跣足散发,来到坛前,焚香于炉,注水于盂,仰天暗祝,一日上坛三次,下坛三次。周瑜在寨中谓鲁肃曰:"孔明之言谬矣,隆冬之时,焉得东南风乎?"肃曰:"吾料孔明必不谬谈。"将近三更时分,忽听风声响,瑜出帐看时,旗脚竟飘西北,霎时间东南风大起。瑜且骇且喜,乃调遣诸将分守各路。随将蔡和杀了祭旗,便令开船,往赤壁进发。

却说,曹操得了黄盖密书,言周瑜差他护送粮船,今夜二更,好歹杀江东名将,献首来降。是时东风大作,波浪汹涌。操在中军,迎风大笑,自以为得志。忽一军指说,江南隐隐一簇帆幔,使风而来,皆插青龙牙旗,内中大旗上书先锋黄盖名字。操笑曰:"公覆来降,此天助我也。"来船渐近,程昱谓操曰:"吾看来船必诈,且休教近寨。"操曰:"何以知之?"昱曰:"粮在船中,船必稳重。今观来船,轻而且浮。更兼今夜东南风甚紧,倘有诈谋,何以当之。"操省悟,便令文聘前去止之。文聘跳下小船,随带十数只巡船,立于船头,大叫丞相钧旨,南船且休近寨。言未绝,弓弦响处,文聘被箭射中左肩,倒在船中。船上大乱,各自奔回。南船距操寨,只隔二里水面。黄盖用刀一招,前船一齐发火。火乘风威,风助火势。船如箭发,烟焰障天。二十只火船,撞入水寨。曹寨中船只，一时尽着，又被铁环锁住，无处逃避。隔江炮响，四下火船齐到。但见三江面上，火逐风飞，漫天彻地，一派通红。曹操回观岸上营寨，几处烟火。黄盖跳在小船上，背后数人驾舟，冒烟突火而来。曹见势急，方欲跳上岸。忽张辽驾一小脚船，扶操下得船时，那只大船，已自着了。张辽与十数人保护曹操飞奔口岸，黄盖见穿绛红袍者下船，料是曹操，乃催船速进。手提利刀，高声大叫："曹贼休走，黄盖在此。"操连声叫苦。张辽忙放一箭，将盖射退，救了曹操上岸。寻着马匹走时，军已大乱。斯时满江火滚，喊声震天，各路兵一齐杀来。正是三江水战，赤壁鏖兵。曹军着枪中箭，火焚水溺者，不计其数。且说甘宁将蔡中引入曹寨深处，砍于马下，就草上放起火来，吕蒙遥望中军火起，也放十数处火接应。潘璋、董袭分头放火呐喊，四下里鼓声大震。操与张辽引百余骑，径奔乌林，在火林内走，看前面无一处不着。正走间，背后一军赶到，大叫曹操休走，火光中现出吕蒙旗号。操催军马向前，留张辽断后，抵敌吕蒙。却见前面火把又起，从山谷中拥出一军，大叫凌统在此。曹操肝胆皆裂，忽斜刺里一彪军到，大叫丞相休慌，徐晃在此。彼此混战一场，往北而走。操此时指望合淝有兵救应，不想吴帝孙权在合淝路口。望见江中火光，知军中得胜，便教陆逊举火为号。太史慈见了，与逊合兵一处，冲杀前来。操只得往彝陵而走，路上撞见张郃，操令断后。纵马加鞭，走至五更，回望火光渐远。操心乃定，操见树木丛杂，山川险峻，乃于马上仰天大笑不止。诸将问曰："丞相何故大笑。"操曰："吾不笑别人，单笑周瑜无谋，诸葛亮少智。若是吾用兵之时，预先在这里伏下一军，如之奈何？"说犹未了，两边鼓声震响，火光冲天而起，惊得曹操几乎坠马。斜刺里一彪军杀出，大叫："我赵子龙，奉孔明军师将令在此，等候多时了！"操教徐晃、张郃双敌赵子龙，自己冒烟突火而去。是时天色微明，黑云罩地，东南风尚不息，忽然大雨倾盆，湿透衣甲。操与军士，冒雨而行，皆有饥色，操令往村落中劫掠粮食，寻觅火种。方欲造饭，后面一军赶到，操心甚慌。原来却是部将李典、许褚，操大喜。令军马往南彝陵大路而走，行至葫芦口，军皆饥馁，马亦困乏，多有倒于路者。操教前面暂歇，马上有带得锅的，也有村中掠得粮米的，便就山边干处，埋锅造饭，割马肉烧吃。尽皆脱去湿衣，于风头吹晒。马皆摘鞍野放，咽咬草根。操坐于树林之下，仰面大笑。众官问曰："适来丞相笑周瑜、诸葛亮，引惹出赵子龙来，折了许多人马。今何为又笑？"操曰："吾笑诸葛亮、周瑜，毕竟智谋不足。若是我用兵时，就这个去处，也埋伏一彪军马，我等纵然脱得性命，也不免重伤。"正说间，前军后军，一齐发喊。操大惊，弃甲上马。早见四下火烟，布满山口，一军摆开，为首乃燕人张飞横矛立马，大叫"操贼走那里去"。众将见了张飞，尽皆胆寒。许褚骑无鞍马，来战张飞。操先拨马走脱,随后众将,大半带伤而来。正行间,军士禀曰:"前面有两条路,请问丞相从哪条路去?"操令人上山观望,回报小路山边,有数处烟起,大路并无动静。操乃教前军走华容道小路,诸将曰:"烽烟起处,必有军马。"操曰:"此乃诸葛亮故意使人于山僻烧烟,使我军不敢从这条山路走,他却伏兵在大路等着。吾料已定,偏不教中他计。"遂勒马而行。此时人皆饥倒,马尽困乏。焦头烂额者,扶策而行;中箭着枪者,勉强而走。衣甲透湿,个个不全,军器旗幡,纷乱不整,皆系彝陵道上,被赶得慌,只骑得秃马,鞍辔衣服,尽皆抛弃。正值隆冬之时,其苦何可胜言。行不到数里,操在马上扬鞭大笑,众将问丞相何又大笑。操曰:"人皆言周瑜、诸葛亮足智多谋,以吾观之,到底是无能之辈。若使此处伏一旅之师,吾等皆束手受缚矣。"言未毕,一声炮响,两边五百校刀手摆开,为首大将关云长,提青龙刀,跨赤兔马,截住去路。操军见了,亡魂丧胆,面面相觑。程昱曰:"云长信义素著,丞相旧日有恩于彼,何不亲自告之,以脱此难。"操从其说,即纵马向前,欠身谓云长曰:"将军别来无恙?"云长亦欠身答曰:"关某奉大哥刘玄德皇叔及诸葛孔明军师将令,等候丞相多时了。"操曰:"兵败势危,到此无路,望将军以昔日之情为重。"云长曰:"今日之事,岂敢以私废公。"操曰:"五关斩将之时,还能记否。"云长是个义重如山之人,想起前事,如何不动心。又见曹军惶惶皆欲垂泪,益发心中不忍,于是把马头勒回,教众军四散摆开。这个分明是放曹操的意思,操便和众将一齐冲过去。行至谷口,天色已晚。忽然火把齐明,一簇人马拦路,操大惊曰:"吾命休矣。"只见哨马冲到,却是手下将官曹仁,于是引众入南郡安歇。次日,始回许都。计曹操所带八十三万人马,及一切粮草军械,均被周瑜烧毁殆尽。此即所谓周郎火烧赤壁也。

战猇亭

国韵小小说

战猇亭

话说,蜀汉先主刘备,亲领御林军,直至猇亭,大会诸将,分军八路,水陆俱进,征伐东吴,为关公、张飞二弟报仇,时章武二年二月中旬也。东吴大将韩当、周泰,听知先主御驾来征,引兵出迎。先主遥指骂曰:"汝等吴狗,伤朕手足,誓不与立于天地之间。"当回顾众将曰:"谁敢冲突蜀兵?"部将夏恂挺枪出马,先主背后张苞,挺丈八矛,纵马而出,大喝一声,直取夏恂。恂见苞声若巨雷,心中惊惧,恰待要走。周泰弟周平,见恂抵敌不住,挥刀纵马而来。关兴见了,跃马提刀来迎。张苞大喝一声,一矛刺中夏恂,倒撞下马。周平大惊,措手不及,被关兴一刀斩了。二小将便取韩当、周泰。韩周二人,慌退入阵。先主视之,叹曰:"虎父无犬子也。"用御鞭一指,蜀兵一齐掩过去,吴兵大败。那八路兵势若泉涌,杀得那吴军尸横遍野,血流成河。先主乘胜追杀,遂得猇亭。

却说先主当日得胜回营,收兵时,不见了关兴,慌令张苞等四面跟寻。原来关兴杀入吴阵,正遇仇人潘璋,骤马追之。璋大惊,奔入山谷中,不知所往。兴寻思只在山里,往来寻觅不见,看看天晚,迷踪失路。幸得星月有光,追至山僻之间,时已二更,到一庄上,下马叩门,一老者出问何人。兴曰:"吾是战将,迷路到此,求一饭充饥。"老人引入。兴见堂内点着明烛,中堂绘画关公神像,兴大哭而拜。老人曰:"将军何故哭拜?"兴曰:"此吾父也。"老人闻言,即便下拜。兴曰:"何故供养吾父?"老人曰:"此间是尊神地方,在生之日,家家奉侍,况今日为神乎。老夫只望蜀兵早日报仇,今将军到此,百姓有福矣。"遂置食待之,卸鞍喂马。三更以后,忽门外有人击户。老人出而问之,乃吴将潘璋,亦来投宿。恰入草堂,关兴见了,按剑大喝曰:"反贼休走!"璋回身便出,忽门外一人面如重枣,丹凤眼,卧蚕眉,飘三绺髯,绿袍金铠,按剑而入。璋见是关公显圣,大叫一声,神魂惊散。欲待转身,早被关兴手起剑落,斩首于地,取心沥血,就关公神像前祭祀。却将潘璋首级,系于马颈之下,辞了老人,就骑了潘璋的马,往本营而来。老人自将潘璋之死尸,拖出门外烧化。

关兴行无数里,忽听得人喊马嘶,一彪军来到,为首一将,乃潘璋部将马忠也。兴见马忠,又是害父仇人,怒气冲天,举青龙刀,望忠便砍。忠部下三百军,并刀上前,将关兴围在垓心,兴力孤势危。忽见西北角一彪军杀来,乃是张苞。马忠见救兵到来,引军自退,关兴、张苞,一同赶去。赶不数里。前面糜芳、傅士仁,引兵来寻马忠。两军相合,混战一场。苞、兴二人兵少,慌忙撤退,回至猇亭,来见先主,献上首级,具言此事,先主惊异。是日马忠回见韩当、周泰,收聚败军,各分头把守,忠引傅士仁、糜芳屯于江渚。当夜三更,军士皆哭声不止,糜芳暗听之。有一伙军言曰:"我等皆是荆州之兵,被吕蒙诡计,送了主公性命。今刘皇叔御驾亲征,东吴早晚休矣。所恨者糜芳、傅士仁也,我等何不杀此二贼,去蜀营投降。"又一伙军言曰:"不要性急,等个空儿,便就下手。"糜芳听毕,大惊。遂与傅士仁商议曰:"军心变动,我二人性命难保。今蜀主所恨者马忠耳,可杀了他,将首级去投降。"士仁曰:"不可,去必有祸。"芳曰:"蜀主宽仁厚德。目今阿斗太子,是我外甥。彼但念国戚之诚,必不肯加害。"二人计较已定,先备了马。三更时分,入帐刺杀马忠,将首级割了。二人带数十骑,径投猇亭而来。

当夜伏路军士,先引糜、傅二人,见张南、冯习,具说其事。次日,到御营中,来见先主,献上马忠首级,哭拜于前曰:"臣等实无反心,被吕蒙诡计,称是关公已死,赚开城门,臣等不得已而降。今闻圣驾前来,特杀此贼,以雪陛下之恨,伏乞恕罪。"先主大怒曰:"朕自离成都许多时,你两个如何不来请罪?今日势危,故假巧言,欲全性命。若饶了你,九泉之下,有何面目见关公乎?"言讫,命关兴在御营中,设关公灵位。先主亲捧马忠首级,诣前祭祀。又令关兴将糜芳、傅士仁剥去衣服,跪于灵前,亲自用刀剐之,以祭关公。忽张苞上帐,哭拜于前曰:"二伯父仇人,皆已诛戮。臣父冤仇,何日可报?"先主曰:"贤侄勿忧,朕当削平江南,杀尽吴狗,务擒二贼,与汝亲自醢之,以祭汝父。"苞泣谢而退。

此时先主威声大振，江南之人，尽皆胆裂，日夜号哭。韩当、周泰大惊，急奏吴主，具言糜芳、傅士仁杀了马忠，去归蜀帝，亦被蜀帝杀了。孙权心怯，遂聚文武商议。步骘奏曰："蜀主所恨者，乃吕蒙、潘璋、马忠、糜芳、傅士仁也。今此数人皆亡，独有范疆、张达二人，现在东吴。可擒此二人，并张飞首级，遣使送还，上表求和，则蜀兵自退矣。"权从其言，遂具沉香木匣，盛亿飞首。绑缚范疆、张达，囚于槛车之内。令程秉为使，赍国书，往猇亭而来。时先主正欲发兵前进，忽得此报，乃以手加额曰："此天之所赐，亦由三弟之灵也。"即令张苞设飞灵位，先主见飞首级在匣中，放声大哭。张苞自仗利剑，将范疆、张达万剐凌迟，祭父之灵。祭毕，先主怒气不息，定要灭吴，欲斩吴使以绝吴情。多官苦告方免，程秉抱头鼠窜而去。

程秉回奏吴主，言蜀不从讲和，誓必灭吴，群臣苦谏不听，如之奈何。权大惊，举止失措。阚泽出班奏曰："现有擎天之柱，如何不用耶？"权急问何人。泽曰："现有陆伯言在荆州。此人名虽儒生，实有雄才大略。主上若能用之，破蜀必矣。"权曰："非德润之言，孤几误大事。"张昭曰："陆逊乃一书生耳，恐不可用。"顾雍亦曰："陆逊年幼望轻，恐诸将不服。"步骘亦曰："逊材只可治郡耳，托以大事，非其宜也。"泽大呼曰："若不用陆伯言，则东吴休矣，臣愿以全家保之。"权曰："孤亦素知陆伯言，乃奇才也。孤意已决，卿等勿言。"于是命召陆逊。逊本名议,后改名逊,字伯言,吴郡人也。身长八尺,面如美玉,官领镇西将军。当下奉召而至,参拜毕,权曰:"今蜀兵临境,孤特命卿总督军马,以破刘备。"逊曰:"江东文武,皆大王故旧之臣,臣年幼无才,安能制之?"权曰:"阚泽以全家保卿,孤亦素知卿才,卿勿推辞。"逊曰:"倘文武不服如何?"权取所佩剑与之曰:"如有不听号令者,先斩后奏。"逊曰:"荷蒙重托,敢不拜命?但乞大王来日聚会众官时,然后赐臣。"阚泽曰:"古之命将,必筑坛会众,赐白旄黄钺、印绶兵符,然后威行令肃。今大王宜遵此礼,择日筑坛,拜伯言为大都督,假节钺,则众人自无不服矣。"权从之。

　　于是孙权命人连夜筑坛完备,大会百官。请陆逊登坛,拜为大都督,赐以宝剑印绶,令掌六郡八十一州,兼荆州诸路军马。吴王嘱之曰:"阃以内孤制之,阃以外将军制之。"逊领命下坛,令徐盛、丁奉为护卫,即日出师,一面调遣诸路军马,水陆并进。文书到猇亭,韩当、周泰大惊曰:"主上如何以一书生总兵耶?"比及逊至,众皆不服。逊升帐议事,众人勉强参贺。逊曰:"军有常法,公等各宜遵守。违者王法无亲,勿致后悔。"众皆默然。周泰曰:"目今安东将军孙桓,困于彝陵城中,请都督早施良策以救之。"逊曰:"吾素知孙安东必能坚守,不必去救。"众皆暗笑而退。韩当谓周泰曰:"命此孺子为将军,东吴休矣,公见彼所行乎?"泰曰:"吾聊以言试之,并无一计,安能破蜀?"次日,陆逊传下号令,教诸将各守隘口,不许轻敌。众皆笑其懦,不肯坚守。次日,陆逊升帐唤诸将曰:"吾迭次令汝等坚守,俱不遵令,何也?"韩当曰:"吾自从孙将军平定江南,经数百战,其余诸将,亦皆披坚执锐、出生入死之士。今主上命公为大都督,早宜调拨军马,分头进征,以图大事。乃只令坚守勿战,岂欲待天自杀贼耶?"帐下诸将齐声而言曰:"韩将军之言是也。"陆逊听毕,掣剑在手,厉声曰:"仆虽一介书生,今蒙主上托以重任者,以吾有尺寸可取、能忍辱负重故也。汝等只各守隘口,不许妄动,如违令者皆斩。"众皆愤愤而退。

先主是时自猇亭布列军马,直至川口,接连七百里,前后四十营寨。忽细作报说:"东吴用陆逊为大都督,总制军马。"先主得报,便传令进兵。马良曰:"陆逊之才,不亚周郎,未可轻敌。"先主曰:"朕用兵老矣,岂反不如一黄口孺子耶?"遂亲领前军,攻打诸处隘口。韩当见先主兵到,差人报知陆逊。逊恐韩当妄动,急飞马自来观看。当指曰:"军中必有刘备,吾欲击之。"逊曰:"刘备举兵东下,锐气甚盛。今驰骋于平原旷野之间,正自得志。我坚守不出,彼求战不得,必移屯于山林树木间,吾当以奇计胜之。"韩当口虽应诺,心中只是不服。先主使前队搦战,辱骂百端。逊令诸军塞耳休听,不许出迎。先主见吴军不出,心中焦躁。马良曰:"陆逊深有谋略,彼坚守不出,欲待我兵之变也。"先主曰:"彼有何谋,但怯敌耳。"冯习奏曰:"即今天气炎热,军屯于赤火之中,取水深为不便。"先主遂令各营移于山林茂盛之地,近溪傍涧,待过夏到秋,并力进兵。马良曰:"吾兵若动,倘吴兵骤至,如之奈何?"先主曰:"朕令吴班引万余弱兵,近吴寨平地屯驻,朕亲选精兵八千,伏于山谷。若陆逊听知朕移营,必乘势来击,却令吴班诈败。逊若追来,朕引兵突出,断其归路,小子可擒矣。"诸将闻言,皆叹服。

是时诸葛亮在东川,点看各处隘口,以防魏兵。马良奏曰:"陛下何不将各营移居之地,画成图本,问于丞相?"先主曰:"朕亦颇知兵法,何必又问丞相。"良曰:"古云兼听则明,偏听则蔽,愿陛下察之。"先主曰:"卿可自去各寨,画成四址八道图本,亲到东川去问丞相。如有不当,急来报知。"良领命而去。于是先主移兵于林木阴密处避暑,韩当、周泰探知,急来报知陆逊。逊大喜,遂引兵来观动静。只见平地一屯,不满万余人,大半皆是老弱之众,大书先锋吴班旗号。周泰曰:"吾观此等兵如儿戏耳,愿同韩将军分两路击之。"逊以鞭指曰:"前面山谷中,隐隐有杀气起,其下必有伏兵,故于平地设此弱兵以诱我耳,切不可出。"众将听了,皆以为懦。次日,吴班引兵到关前搦战,耀武扬威,辱骂不绝,多有解衣卸甲,赤身裸体,或睡或坐。徐盛、丁奉入帐禀曰:"蜀兵欺我太甚,某等愿出击之。"逊笑曰:"此诱敌之计也。三日后,必见其诈矣。"徐盛曰:"三日后,彼移营已定,安能击

战猇亭

之。"逊曰:"吾正欲令彼移营也。"诸将哂笑而退。

　　过三日后,陆逊会诸将于关上观望,见吴班兵已退去,逊指曰:"杀气起矣,刘备必从山谷中出也。"言未毕,只见蜀兵皆全装贯束,拥先主而过。吴兵见了,尽皆胆裂。逊曰:"吾之不听诸公击班者,正为此也。"诸将问曰:"今蜀兵已出,破蜀当在何时?"逊曰:"刘备足智多谋,其兵始集,法度精专。今守久不得我便,兵疲意阻,取之正在今日。"诸将方才叹服。且说马良至川,入见孔明,呈上图本。孔明看毕,拍案叫苦曰:"是何人教主上如此下寨,可斩此人。"良曰:"皆主上自为,非他人之谋。"孔明叹息不已,良问其故,孔明曰:"包原隰险阻而结营,此兵家之大忌。倘彼用火攻,何以解救?又岂有连营七百里而可拒敌乎?陆逊拒守不出,正为此也。汝当速去见天子,改屯诸营。"良曰:"倘今吴兵已胜,如之奈何?"孔明曰:"吾料陆逊不敢来追。主上若有失,当投白帝城避之。"良乃领了表章,火速投御营来。

　　陆逊见蜀兵懈怠,乃唤阶下末将淳于丹曰:"吾与汝五千军,去取江南第四营,蜀将傅彤所守,今晚就要成功。"丹引兵去了。又唤徐盛丁奉曰:"汝等各领兵三千,屯于寨外五里。如淳于丹败回,当出救之,却不可追去。"二将各领军去了。黄昏时分,淳于丹领兵前进,到蜀寨时,已是三更之后。丹令众军鼓噪而入,蜀营内傅彤引军杀出,挺枪直取淳于丹,丹抵敌不住,拨马便回。忽然喊声大震,大将赵融带了一彪军拦住去路，丹夺路而走，折兵大半。背后蜀兵又分路赶来，比及离营五里。徐盛、丁奉杀出，蜀兵退去，救了淳于丹回营。丹带箭入见陆逊请罪，逊曰："非汝之过也，吾欲试敌人之虚实耳。破蜀之计，吾已定矣。"徐盛、丁奉曰："蜀兵势大，难以破之。"逊笑曰："吾这条计，但瞒不过诸葛亮耳。天幸斯人不在，使吾成大功也。"遂集大小将士听令，使朱然于水路进兵。来日午后，东南风大作，用船装载茅草，依计而行。韩当一军攻江北岸，周泰一军攻江南岸，每人手执茅草一把，内藏硫黄焰硝，各带火种，各执枪刀，一齐而上。但到蜀营顺风举火，蜀兵四十屯，只烧二十屯。每间一屯，烧一屯。各带干粮，不许暂退。众将各受计而去。

　　先主正在御营，寻思破吴之计。忽军士来报，山上远远望见吴兵，尽沿山往东去了。先主乃命关兴、张苞，各领五百军出巡。黄昏时分，关兴回奏曰："江北营中火起。"先主急令关兴往江北，张苞往江南，探看虚实，二将领命去了。初更时分，东南风骤起，只见御营左屯火起。方欲救时，御营右屯又火起。风紧火急，树木皆着。喊声大震，两屯军马齐出，奔入御营中。御营军自相践踏，死者不知其数。后面吴兵杀到，又不知多少军马。先主急上马奔冯习营时，习营中火光连天而起。江南江北，照耀如同白昼。冯习慌上马，引数十骑而走，正逢吴将徐盛军到，敌住厮杀。先主见了，拨马投西而走。徐盛舍了冯习，引兵追来。前面又一军拦住,乃是吴将丁奉,两下夹攻。先主大惊,四面无路。忽然喊声大震,一彪军杀入重围,乃是张苞,救出先主。正行之间,前面一军又到,乃蜀将傅彤,合兵一处而行。背后吴兵追至,先主前到一山,名马鞍山。张苞、傅彤请先主上得山时,山下喊声又起。陆逊大队人马,将马鞍山围住。张苞、傅彤死据山口,先主遥望,遍野火光不绝,死尸重叠,塞江而下。次日,吴兵又四下放火烧山,军士乱窜。先主惊慌,忽然火光中一将,引数十骑杀上来,视之,乃关兴也。兴伏地请曰:"火光逼近,不可久停,愿陛下速行。"先主曰:"谁敢断后?"傅彤曰:"臣愿以死当之。"于是关兴在前,张苞在中,傅彤断后,保着先主,于黄昏时分,杀下山来。

吴军见先主奔走,皆要争功,各引大军,遮天盖地,往西追赶。先主令军士尽脱袍铠,塞道而焚,以断后军。欲奔走间,喊声大震,吴将朱然,引一军从江岸边杀来,截住去路。先主叫曰:"朕死于此矣。"关兴、张苞,纵马冲突,被乱箭射回,各带重伤,不能杀出。背后喊声又起,陆逊引大兵,从山谷中杀来。先主正慌急之间,此时天色已微明,只见前面喊声震天,朱然军纷纷落涧,滚滚投崖,一彪军杀入前来救驾。先主大喜,视之,乃常山赵子龙也。时赵云在川中江州,闻吴蜀交兵,遂引军出。忽见东南一带火光冲天,云心惊,远远探视,始知先主被困,云奋勇冲杀而来。陆逊闻是赵云,急令退军。云正杀之间,忽遇朱然,便与交锋,不一合,刺朱然于马下,杀散吴军,救出先主,入白帝城歇息。傅彤断后,被吴军八面围住,力战而死。张南、冯习,均死于敌军之中。吴班杀出重围,又遇吴兵追赶,幸赵云回兵接着,救回白帝城。时孙夫人在吴,闻猇亭兵败,讹传先主死于军中,遂驱车至江边,往西遥哭,投江而死。后人立庙江滨,号为枭姬祠。马良至白帝城,闻猇亭已失,大军已败,懊悔不及,将孔明之言,奏知先主,先主叹曰:"朕早听丞相之言,不致今日之败,有何面目复回成都见群臣乎?"遂传旨就白帝城驻扎,将馆驿改为永安宫。

先主因桃园结义,誓同生死,遂亲领大军,为关、张二弟复仇。虽连营失策,卒至不振,而情谊之笃,殊足使人感泣。彼后世以手足之亲,往往视同陌路者,读此篇能无愧死乎?

七擒孟获

国韵小小说

七擒孟获

话说,蜀汉后主建兴三年,益州飞报蛮王孟获大起蛮兵十万,犯境侵掠,其势甚急。丞相诸葛孔明闻报,当即入朝奏闻后主,率领川将数十员,共起川兵五十万,即日辞了后主,离去成都,向益州进发。到了永昌,太守王伉出城迎接,孔明入城驻扎,问曰:"谁与公保守此城,得保无虞?"伉曰:"全赖参谋吕凯。"孔明立即召吕凯入见,礼毕,孔明曰:"公乃永昌高士,多亏公保守此城。今欲平蛮方,公有何高见?"吕凯遂取一图呈与孔明曰:"某自出仕以来,知南人欲反久矣。故密遣人入其境内,察看可以屯兵交战之处,画成一图,名曰《平蛮指掌图》。今敢献与明公,明公试观之,可为征蛮之一助也。"孔明大喜,就用吕凯为行军教授兼向导官,提兵进发,深入南蛮之境。正行间,忽报马谡至,奉主上敕命,赐众军酒帛。孔明接诏已毕,依命一一给散,遂令马谡为参军,仍统大兵前进。

那蛮王孟获,听知消息,遂聚三洞元帅,分三路前来迎敌。孔明哨马探知,随即回报,孔明即遣赵云、张嶷、张翼、魏延等,分路接战,当日赵云杀入中军,正逢第一洞金环三结元帅,交马只一合,被云一枪刺落马下,就枭其首级。于是云与张嶷、张翼数路夹攻,冲杀一阵,蛮兵大败,生擒者无数。孟获只与数十骑奔入山谷之中,背后追兵至近,前面路狭,马不能行,乃弃了马匹,翻山越岭而逃。忽然山谷中一声鼓响,乃是魏延,受了孔明计策,引军伏于此处。孟获抵敌不住,被魏延生擒活捉了。孔明坐于帐上,只见蛮兵纷纷扰扰,解到无数。孔明唤到帐中,尽去其缚,抚谕曰:"汝等皆是好百姓,不幸被孟获所拘。今受了惊吓,汝等父母兄弟妻子,定然挂肚牵肠,眼中流血。吾今尽放汝等回去,以安各人父母兄弟妻子之心。"言讫,各赐酒食米粮而遣之。蛮兵深感其恩,泣拜而去。孔明乃唤武士押过孟获来跪于帐下,问曰:"汝何敢背反?"获曰:"吾世居此处,何为反耶?"孔明曰:"吾今擒汝,汝心服否?"获曰:"山僻路狭,误遭汝手,如何肯服?"孔明曰:"汝既不服,吾放汝去若何?"获曰:"汝放我回去,再整军马,共决雌雄。若能再擒,吾方服也。"孔明即去其缚,与衣服穿了,赐以酒食与鞍马,差人送出。获乃往本寨而去,当日孟获行至泸水,正遇手下败残的蛮兵,皆来寻探。见了孟获,且惊且喜,拜问曰:"大王如何能够回来?"获曰:"蜀人监我在帐中,被我杀死数十人,乘黑夜而走。正行间,逢着一哨马军,亦被我杀了,夺了此马,因此得脱。"众皆大喜,拥孟获渡了泸水,下住寨栅。获传令曰:"吾已知诸葛亮之计矣,不可与战,战则中他诡计。彼川兵远来劳苦,况即日天炎,彼兵岂能久住?吾等有此泸水之险,将船筏尽拘在南岸一带,皆筑土城,深沟高垒,看他如何施谋。"众酋长从其计。

却说,孔明前军已至泸水哨马飞报,说泸水之内,并无船筏,又兼水势甚急。隔岸一带,筑起土城,皆有蛮兵把守。时值五月,天气炎热,南方乃不毛之地,分外炎酷。军马衣甲,皆穿不得。孔明自至泸水边看毕,回到本寨,传令曰:"今孟获屯泸水之南,以拒我兵。吾既提兵至此,如何空回?汝等各引兵依山傍树,拣林木茂盛之处,与我休息人马。"乃遣吕凯离泸水百里,拣荫凉之地,分作二个寨子。使王平、张嶷、张翼、关索,各守一寨,内外皆搭草棚,遮盖马匹将士,以避暑气。忽报蜀中马岱解暑药并粮米到,孔明令入,岱参拜毕,随将米药分派各寨。孔明谓马岱曰:"今孟获据住泸水,无路可渡。吾欲令汝引军断其粮道,令彼军自乱。"岱曰:"如何断得?"孔明曰:"离此一百五十里,泸水下流沙口,水性甚慢,可以扎筏而渡。汝提本部三千军渡水,直入蛮洞,先断其粮,不可有误。"岱欣然受命而去。

是日,马岱领兵前到沙口,驱兵渡水,因见水浅,大半不下筏,只裸衣而过,半渡皆倒,急救傍岸,口鼻出血而死。马岱大惊,连忙回报孔明。孔明唤向导土人问之,土人曰:"目今炎天,毒聚泸水。日间甚热,毒气正发。有人渡水,必中其毒。或饮此水,其人必死。若要渡时,须待夜静水冷,毒气不起,饱食渡之,方可无事。"孔明遂令土人引路,又选精壮军士数百,随着马岱,来到泸水沙口,扎起木筏,半夜渡水,果然无事。岱领着两千壮军,令土人引路,径取蛮洞运粮总路口夹山谷而来。那夹山谷两下是山,中间一条路,只容一人一马可过。马岱占了夹山谷,分拨军士,立起寨栅。洞蛮不知,正解粮到,被岱前后截住,夺粮百余车。蛮人报知孟获大寨中,此时孟获在寨中,终日饮酒取乐,不以为意。自是孔明吩咐诸将,驱兵大进,杀死蛮兵无算。第二洞董荼那元帅、第三洞阿会喃元帅,却被孟获自己一并杀了。秃龙洞主朵思大王、八纳洞主木鹿大王,又皆死于乱军之中。孟获巢穴尽失,接连被孔明擒了六次。孟获只是不服,孔明又放他回寨。

  原来那蛮王孟获,世居银坑洞,洞外有三江城,正南又有梁都洞,洞中有山,环抱其洞,山中置宫殿楼台,以为蛮王巢穴。孟获居此,自以为万全之策,坦然无忧,哪知却尽为孔明所夺。孟获乃与妻弟带来洞主商议曰:"吾今洞府,已被蜀兵所占,今投何处安身?"带来洞主曰:"只有一国可以破蜀。"获喜曰:"何处可去?"带来洞主曰:"此去东南七百里,有一国,名为乌戈国。国王兀突骨,身长二丈,不食五谷,以生蛇恶兽为饭,身有鳞甲,刀箭不能侵。其手下军士,俱穿藤甲。其藤生于山涧之中,盘于石壁之内,国人采取,浸于油中,半年方取出晒之,晒干复浸,凡十余遍,却才造成铠甲。穿在身上,渡江不沉,经水不湿,刀箭皆不能入,因此号为藤甲军。今大王可往求之,若得彼相助,擒诸葛亮如利刀破竹也。"

于是孟获大喜,遂投乌戈国,来见兀突骨。其洞无舍宇,皆居土宇之内。孟获入洞再拜,哀告前事。兀突骨曰:"吾起本洞之兵,与汝报仇。"获欣然拜谢。兀突骨即唤两个领兵俘长,一名土安,一名奚泥,起兵三万,皆穿藤甲,离乌戈国,往东北而来。行至一江,名桃花水,两岸有桃树,历年落叶于水中,若别国人饮之尽死,惟乌戈国人饮之,倍添精神。兀突骨兵至桃花渡口下寨,以待蜀兵。一日,孔明令蛮人哨探孟获消息,回报曰:"孟获请乌戈国主,引三万藤甲军,现屯于桃花渡口。孟获又在各番聚集蛮兵,并力拒战。"孔明听说,提了大兵直至桃花渡口。隔岸望见蛮兵,不类人形,甚是丑恶。又闻土人说,日内桃花正落,水不可饮。孔明退五里下寨,留魏延守寨。次日,乌戈国主引一彪藤甲军过河来,金鼓大震。魏延引兵出迎,蛮兵卷地而至。蜀兵以箭射到藤甲之上,皆不能透,俱落于地。刀砍枪刺,亦不能入。蛮兵皆使利刀钢叉,蜀兵抵挡不住,尽皆败走。蛮兵不赶而退,魏延复回。赶到桃花渡口,只见蛮兵带甲渡水而去。内有困乏者,将甲脱下,放在水面,以身坐其上而渡,如同船筏一样。

魏延看了,急回大寨,来禀孔明,细言其事。孔明请吕凯并土人问之,凯曰:"某素闻南蛮中有一乌戈国,无人伦者也。更有藤甲护身,急切难伤。又有桃叶恶水,本国人饮之,反添精神,别国人饮之,即死。如此蛮方,纵使全胜,有何益处，不如班师早回。"孔明笑曰："吾非容易到此，岂可便去？吾明日自有平蛮之策。"于是令赵云、魏延守寨，且休轻出。次日，孔明令土人引路，自乘小车，到桃花河口北岸山僻地方，遍观地理。山险岭峻，车不能行，孔明弃车步行。忽然望见一谷，形如长蛇，皆危峭石壁，并无树木，中间一条大路。孔明问土人曰："此谷何名？"土人答曰："此处名为盘蛇谷，出谷即三江城大路。"孔明大喜曰："此天赐我成功于此也。"遂回旧路，上车归寨。

　　孔明回到寨中，唤马岱吩咐曰："与汝黑油柜车十辆，须用竹竿千条。柜内之物，如此如此。可领本部军去，把住盘蛇谷两头，依法而行。与汝半月限，一切完备。"马岱受计而去，又唤赵云吩咐曰："汝去盘蛇谷后，三江大路口，如此把守。所用之物，克日完备。"赵云受计而去，又唤魏延吩咐曰："汝可引本部兵去桃花渡口下寨，如蛮兵渡水来敌，汝便弃了寨，往白旗处而走。限半个月内，须要连输十五阵，弃七个寨栅，若输十四阵，也休来见我。"魏延领命，心中不乐，怏怏而去。孔明又唤张翼另引一军，依所指之处，筑立寨栅去了。却令张嶷、马忠，引投降蛮兵千人，如此行之。各人都依计而去。

　　却说，孟获与乌戈国主兀突骨曰："诸葛亮多有巧计，只是埋伏。今后交战，吩咐三军，但见山谷之中，林木多处，切不可进。"兀突骨曰："大王说得有理，今后依此言行之。吾在前面厮杀，汝在背后教导。"两人商量已定。忽报蜀兵在桃花渡口北岸立寨，兀突骨即差二俘长，引藤甲军渡河，来与蜀兵交战，不数合，魏延败走。蛮兵恐有埋伏，不赶自回。次日，魏延又去立了营寨。蛮兵哨得，又有众兵渡过河来战。延出迎之，不数合，延败走。蛮兵追杀十余里，见四下并无动静，便在蜀寨中屯住。次日，二俘长请兀突骨到寨，说知此事。兀突骨即引兵大进，将魏延追一阵，蜀兵皆弃甲抛戈而走。只见前有白旗，延引兵急奔白旗处，早有一寨，就寨中屯住。兀突骨驱兵追至，魏延引兵弃寨而走，蛮兵得了蜀寨。次日，又往前追杀，魏延回兵交战，不三合，又败，只看白旗处走，又有一寨，延就寨屯住。次日，蛮兵又至。延略战又走，蛮兵占了蜀寨。魏延且战且走，已败十五阵，连弃七个营寨。蛮兵大进追杀，兀突骨自在军前破敌，于路上但见林木茂盛之处，便不敢进。却使人远望，果见树荫之中，旌旗招展，隐隐有伏兵。兀突骨谓孟获曰："果不出大王所料。"孟获大笑曰："诸葛亮今番被吾识破，大王连日胜他十五阵，夺了七个营寨，蜀兵望风而走，诸葛亮已是计穷。只此一进，大事定矣。"兀突骨大喜，遂不以蜀兵为念。到了第十六日，魏延引败残兵来与藤甲军对敌。兀突骨骑象当先，两肋下露出生鳞甲，眼目中微有光芒，手指魏延大骂。延拨马便走，后面蛮兵大进，魏延引兵转过了盘蛇谷，往白旗而走。兀突骨引众兵随后赶来，望见山上并无草木，料无埋伏，放心追杀。赶到谷中，见数十辆黑油柜车在挡路。蛮兵报曰："此是蜀兵运粮道路，因大王兵至，抛下粮车而走。"兀突骨大喜，催兵追赶。将出谷口，不见蜀兵。只见横木乱石滚下，叠断谷口。兀突骨令兵开路而进，忽见前面大小车辆，装载干柴，尽皆火起。兀突骨忙叫退兵，只闻后军发喊，报说谷中已被干柴叠断。车中原来皆是火药，一齐烧着。兀突骨见无草木，心尚不慌，令寻路而走。只见山上两边，乱丢火把，火把到处，地中药线燃着，就地发起铁炮。满谷中火光乱舞，但逢藤甲，无有不着，将兀突骨并三万藤甲军，烧得互相拥抱，一齐死于盘蛇谷中。孔明在山上往下看时，只见蛮兵被火烧的，伸拳舒腿；被铁炮打的，头脸粉碎——皆死于谷中，臭不可闻。孔明垂泪而叹曰："吾虽有功于社稷，必损寿矣。"左右将士，无不感叹。

是时，孟获在寨中，正望蛮兵回报。忽然千余人笑拜于寨前，言说："乌戈国兵与蜀兵大战，将诸葛亮围在盘蛇谷中了，特请大王前去接应。我等皆是本洞之人，不得已而降蜀。今知大王前到，特来助战。"孟获大喜，即引宗党并所众番人，连夜上马，就令孟兵引路。方到盘蛇谷时，只见火光甚大，臭味难闻，获知中计。急退兵时，左边张嶷，右边马忠，两路军杀出。获方欲抵敌，一声喊起，蛮兵中大半皆是蜀兵，将蛮王宗党，并聚集的番人，尽皆擒了。孟获马匹杀出重围，往山径而走。正走之间，见山坳里一簇人马，拥出一辆小车，车中端坐一人，纶巾羽扇，身衣道袍，乃孔明也。孔明大喝曰："反贼孟获，今番如何？"获急回马走，旁边闪过一将，拦住去路，乃是马岱。孟获措手不及，被马岱生擒活捉了。此时王平、张嶷，已引一军赶至蛮寨，将孟获弟孟优，并获妻祝融夫人，及一应老小，皆活捉而来。孔明归到寨中，升帐而坐，谓众将曰："吾今此计，不得已而用之，大损阴德。吾闻利于水者，必不利于火。藤甲虽刀箭不能入，然油浸之物，见火必着。蛮兵如此顽皮，非火安能取胜。使乌戈国之人，不留种类者，是吾之大罪也。"众将拜伏曰："丞相天机，鬼神莫测也。"

孔明乃令武士押过孟获来。获至，跪于帐下。孔明命去其缚，叫且在别帐，与酒食压惊，又唤管酒食官，至坐榻前，如此如此，吩咐而去。却说，孟获与祝融夫人，并孟优、带来洞主，一切宗党，在别帐饮酒。忽一人入帐，谓孟获曰："丞相面羞，不欲与公相见。特令我来，放公回去，再招人马来决胜负，公今可速去。"孟获垂泪言曰："七擒七纵，自古未尝有也。吾虽化外之人，颇知礼义，直如此无羞耻乎？"遂同兄弟妻子宗党人等，皆匍匐跪于帐下，肉袒谢罪曰："丞相天威，南人不复反矣。"孔明曰："公今服乎？"获泣谢曰："某子子孙孙，皆感复载生成之恩，安得不服？"孔明乃请孟获上帐，设宴庆贺，就令永为洞主。所夺之地，尽皆退还。孟获宗党及诸蛮兵，无不感戴，皆欣欣然跳跃而去。于是南方皆感孔明恩德,乃为孔明立生祠,四时享祭,皆呼之为慈父,各送珍珠金宝,丹漆药材,耕牛战马,以资军用,誓不再反,南方大定。

孔明犒军已毕,班师回蜀。孟获率引大小洞主酋长,及诸部落,罗拜相送。前军至泸水,时值九月。深秋,忽然阴云布合,狂风骤起,兵不能渡,回报孔明。孔明遂问孟获,获曰:"此水原有猖神作祸,往来者必须祭之。"孔明曰:"用何物祭之?"获曰:"旧时用七七四十九颗人头,并黑牛白马祭之,自然风恬浪静。"孔明曰:"吾今事已平定,安可妄杀一人。"遂自到泸水岸边观看,果见阴风大起,波涛汹涌,人马皆惊。孔明甚疑,即寻土人问之,土人告说:"自丞相经过之后,夜夜只闻得水边鬼哭神嚎,自黄昏直至天晓,哭声不绝。瘴烟之内,阴鬼无数,因此作祸,无人敢渡。"孔明曰:"此乃我之罪愆也。前者马岱引蜀兵千余,皆死于水中。更兼杀死南人,尽弃此处。狂魂怨鬼,不能解释,以致如此。吾今晚当亲自往祭。"土人曰:"须依旧例,杀四十九颗人头为祭,则怨鬼自散也。"孔明曰:"本为人死而成怨,岂可又杀生人耶?吾自有主意。"唤行厨宰杀牛马,和面为剂,塑成人头,内以牛羊等肉代之,名曰馒头。当夜于泸水岸上,设香案,铺祭物,列灯四十九盏,扬幡招魂,将馒头等物,陈设于地。三更时分,孔明金冠鹤氅,亲自临祭。令董厥读祭文,读毕,孔明放声大哭,极其痛切,三军无不下泪,孟获等众,尽皆哭泣。只见愁云怨雾之中，隐隐有数千鬼魂，皆随风而散。于是孔明令左右，将祭物弃于泸水之中。次日，孔明引大军俱到泸水南岸，但见云收雾散，风静浪平。蜀兵先后渡过泸水，果然鞭敲金镫响，人唱凯歌还。行到永昌，孔明留王伉、吕凯守四郡。吩咐孟获领众自回，嘱其勤政驭下，善抚居民，勿失农务。孟获等涕泣拜别而去，孔明自引大兵回成都。孟子曰："以德服人者王，以力服人者霸。"观孔明之于孟获，七擒七纵，卒使其中心诚服，永不复反，盖能深得以德服人之道者矣。

火烧葫芦谷

国韵小小说

火烧葫芦谷

话说,蜀汉丞相诸葛孔明在祁山寨中,正与诸将商议进兵,忽报有魏将来投降。孔明唤入问之,答曰:"某乃魏国偏将军郑文也,近与秦朗同领人马,听司马懿调用。不料懿徇私偏向,加秦朗为前将军,而视文如草芥。因此不平,特来投降丞相,愿赐收录。"言未已,人报秦朗在寨外,单搦郑文交战。孔明曰:"此人武艺,比汝若何?"郑文曰:"某当立斩之。"孔明曰:"汝若先斩秦朗,吾方不疑。"郑文欣然上马出营,与秦朗交锋,孔明亲自出寨视之,只见秦朗挺枪大骂曰:"反贼盗我战马来此,可早早还我。"言讫,直取郑文。文拍马舞刀相迎,只一合,斩秦朗于马下,魏军各自逃走。郑文提首级入营,孔明回到帐中,坐定,唤郑文至,勃然大怒,叱左右推出斩之。郑文曰:"小将无罪。"孔明曰:"吾向识秦朗,汝今斩者,并非秦朗,安敢欺我?"文拜告曰:"此实秦朗之弟秦明也。"孔明笑曰:"司马懿令汝来诈降,于中取事,却如何瞒得过我。若不实说,必然斩汝。"郑文只得诉告其实是诈降,泣求免死。孔明曰:"汝欲求生,可修书一封,教司马懿自来劫营,吾便饶汝性命。"郑文只得写了一书,呈与孔明,孔明令将郑文监下。

当日樊建问曰:"丞相何以知此人诈降?"孔明曰:"司马懿不轻用人。若加秦朗为前将军,必武艺高强。今与郑文交马，只一合，便为文所杀，必不是秦朗也，以故知其诈。"众皆拜服。孔明选一舌辩军士，附耳吩咐如此如此。军士领命，持书径来魏寨，求见司马懿。懿唤入，拆书看毕，问曰："汝何人也？"答曰："某乃中原人，流落蜀中，郑文与某同乡。今孔明因郑文有功，用为先锋，郑文特托某来献书。约于明日晚间，举火为号，望都督亲提大军前来劫寨，郑文在内为应。"懿反复诘问，又将来书仔细检看，果然是郑文亲笔。即赐军士酒食，吩咐曰："本日二更为期，我自来劫寨。大事若成，必重用汝。"军士拜别，回到本寨，告知孔明。孔明仗剑步罡，祷祝已毕，唤王平、张嶷、马忠、马岱、魏延至，各自密言吩咐，乃自引数十人，坐于高山之上，指挥众军。

却说，司马懿见了郑文之书，便欲引二子提大军来劫蜀寨。长子司马师谏曰："父亲何故据片纸而亲入重地？倘有疏虞，如之奈何？不如令别将先去，父亲为后应可也。"懿从之，遂令秦朗引一万兵去劫蜀寨，懿自引兵接应。是夜初更，风清月朗。将及二更时分，忽然阴云四合，黑气漫空，对面不见。懿大喜曰："天使我成功也。"于是人尽衔枚，马皆勒口，长驱大进。秦朗当先，引一万兵直杀入蜀寨中，并不见一人。朗知中计，忙教退兵。四下火把齐明，喊声震地。左有王平、张嶷，右有马岱、马忠。两路兵杀来，秦朗死战，不能得出。背后司马懿，见蜀寨中火光冲天，喊声不绝，又不知魏兵胜负，只顾催兵接应。火光中忽一声喊起，鼓角喧天，火炮震地。左有魏延，右有姜维，两路杀出。魏兵大败，四散逃奔。秦朗所引一万兵，都被蜀兵围住，箭如飞蝗，秦朗死于乱军之中，司马懿引败兵奔入本寨。三更以后，天复清朗，孔明在山头上，鸣金收军。原来二更时阴云密布，乃孔明用遁甲之法。后收兵已了，天复清朗，乃孔明驱六丁六甲，扫荡浮云也。当下孔明得胜回寨，命将郑文斩了。

孔明于是欲取渭南，每日令兵搦战，魏兵只不出迎。乃自乘小车，来祁山前渭水东西，踏看地理。忽到一谷口，见其形如葫芦之状，内中可容千余人，两山又合，一谷可容四五百人，背后两山环抱，只可通一人一骑。孔明看了，心中大喜，问向导官曰："此处是何地名？"答曰："此名上方谷，又号葫芦谷。"孔明回到帐中，唤裨将杜叡、胡忠二人，附耳授一密计。令唤集随军匠作一千余人，入葫芦谷中，制造木牛流马应用。又令马岱领五百兵守住谷口，孔明嘱马岱曰："匠作人等，不许放出，外人不许放入。吾还不时自来点视，捉司马懿之计，只在此举，切不可走漏消息。"岱受命而去。杜叡、胡忠二人在谷中监督匠作，依法制造，孔明每日往来指示。忽一日长史杨仪入告曰："即今粮草，皆在剑阁，人夫牛马，搬运不便，如之奈何？"孔明笑曰："吾已运谋多时也。前者所积木料，并西川收买下的大木，教人制造木牛流马。搬运粮米，甚是便利。牛马皆不水食，可以搬运，昼夜不绝。"众皆惊曰:"自古及今,未闻有木牛流马之事。不知丞相有何妙法,造此奇物?"孔明曰:"吾已令人依法制造,尚未完备。吾今将制造之法,尺寸方圆长短广狭,开写明白,汝等视之。"众大喜。孔明即手书一纸,付众观看。众将看了一遍,皆拜服曰:"丞相真神人也。"过了数日,木牛流马皆造完备,宛然如活的一般,上山下岭,各尽其便。众军见之,无不喜悦。孔明令右将军高翔引一千兵,驾着木牛流马,自剑阁直抵祁山大寨,往来搬运粮草,供给蜀兵之用。

司马懿在寨中,正忧闷间,忽哨马报说,蜀兵用木牛流马,转运粮草,人不大劳,牛马不食。懿大惊曰:"吾所以坚守不出者,为彼粮草不能接济,欲待其自毙耳。今用此法,必为久远之计,不思退矣,如之奈何?"急唤张虎、乐綝二人吩咐曰:"汝二人各引五百军,从斜谷小路抄出,待蜀兵驱过木牛流马,任他过尽,一齐杀出,不可多抢,只抢三五匹便回。"二人依令,引五百军扮作蜀兵,夜间偷过小路,伏在谷中。果见高翔引兵驱木牛流马而来,将次过尽,两边一齐鼓噪杀出。蜀兵措手不及,弃下数匹,张虎、乐綝欢喜驱回本寨。司马懿看了,果然进退如活的一般,乃大喜曰:"汝会用此法,难道我不会用?"便令巧匠百余人,当面拆开,依其制法,一样制造木牛流马。不消半月,造成二千余只,亦能奔走。遂令镇远将军岑威引一千军,驱驾木牛流马,去陇西搬运粮草,往来不绝。魏营军将,无不欢喜。

高翔回见孔明,说魏兵抢夺木牛流马各五六匹去了。孔明笑曰:"我正要他抢去,我只费了几匹木牛流马,却不久便得军中许多资助。"诸将问曰:"丞相何以知之。"孔明曰:"司马懿见了,必然仿我法度,一样制造,那时我又有计策。"数日后,人报魏兵也曾造木牛流马,往陇西搬运粮草。孔明大喜,便唤王平吩咐曰:"汝引一千兵扮作魏人,星夜偷过北原,只说是巡粮军,混入彼运粮军中,将护粮之人,尽皆杀散,却驱木牛流马,径奔北原来。此处必有魏兵追赶,汝便将木牛流马口内舌头扭转,牛马就不能行动,汝等竟弃之而走。背后魏兵赶到,牵拽不动,扛抬不去。吾再有兵到,汝却回身,再将牛马舌扭过来,长驱大行,魏兵必疑为怪也。"王平受计,引兵而去。孔明又唤张嶷吩咐曰:"汝引五百军,都扮作六丁六甲神兵,鬼头兽身,用五彩涂面,装作种种怪异之状,一手执绣旗,一手仗宝剑,身挂葫芦,内装烟火之物,伏于山旁。待木牛流马到时,放起烟火,一齐拥出,驱牛马而行。魏人见之,必疑是神鬼,不敢来追赶。"嶷受计领兵而去。孔明又唤魏延、姜维吩咐曰:"汝二人同引一万兵,去北原寨口接应。"又唤廖化、张翼吩咐曰:"汝二人引五千兵去,断司马懿来路。"又唤马忠、马岱吩咐曰:"汝二人引二千兵,去渭南搦战。"六人各自遵令而去。

魏将岑威引军驱木牛流马,装载粮米,正行之间,忽报前面有兵巡粮。威令人哨探,果是魏兵,遂放心前进,两军合在一处。忽然喊声大震,蜀兵从本队里杀起,大呼"蜀中大将王平在此"。魏兵措手不及,被蜀兵杀死大半。岑威引败兵抵敌,被王平一刀斩了,余皆溃散,王平引兵尽驱木牛流马而回。败兵飞奔,报入北原寨内,郭淮闻军粮被劫,急忙引军来救。王平令兵扭转木牛流马舌头,俱弃于道中,且战且走。郭淮教且莫追,只驱回木牛流马。众军一齐驱赶,却没有一匹驱得动。淮心中疑惑,正无奈何,忽鼓角喧天,喊声四起,两路兵杀来,乃魏延、姜维也。王平复引兵杀回,三路夹攻,郭淮大败而走。王平乃令军士将牛马舌头,重复扭转,驱赶而行。郭淮望见,方欲回兵再追,只见山后烟云突起,一队神兵拥出,一个个手执旗剑,怪异之状,拥护木牛流马,如风而去。郭淮大惊曰:"此必神助也。"众军见了,无不惊畏,不敢追赶。司马懿在寨中,探得北原兵败,急自引军来救。方到半路,忽一声炮响,两路兵自险峻处杀出,喊声震地,旗上大书汉将军张翼、廖化,司马懿见了大惊,魏军着慌,各自逃窜。懿匹马单枪,往密林间而走。张翼收住后军,廖化当先追赶,看看赶上,懿着慌,绕树而走。化一刀砍去,正砍在树上,及拔出刀时,懿已走出林外。廖化随后赶出,却不知去向。但见树林之东,落下金盔一个,廖化取盔捎在马上,一直往东追赶。原来司马懿把金盔弃于林东,却反向西走去了。廖化追了一程,不见踪迹,奔出谷口,遇见姜维,同回寨见孔明。张嶷早驱木牛流马到寨,交割已毕,获粮万余石。廖化献上金盔,录为头功。魏延心中不悦,口出怨言,孔明只作不知。且说司马懿逃回寨中,心甚恼闷。忽使命赍诏至,言东吴三路入寇,正议命将抵敌,令懿等坚守勿战。懿受命已毕,深沟高垒,令众将坚守,不许妄动。

是时孔明在祁山,欲为久驻之计。乃令蜀兵与魏民相杂种田,军一分,民二分,并不侵犯,魏民皆安心乐业。司马师入告其父曰:"蜀兵劫去我许多粮米,今又令蜀兵与我民相杂,屯田于渭滨,以为久计,似此真为国家大患。父亲何不与孔明约期,大战一场,以决雌雄。"懿曰:"吾奉旨坚守,不可轻动。"正议间,忽报魏延将着元帅前日所失金盔,前来骂战。众将愤怒,俱欲出战。懿笑曰:"圣人云,小不忍,则乱大谋。但坚守为上,诸将依令不出。"魏延辱骂良久方回。孔明见司马懿不肯出战,乃密令马岱造成木栅,营中掘下深堑,多积干柴引火之物。周围山上,多用柴草,虚搭窝铺,内外皆伏地雷。置备停当,孔明附耳嘱之曰:"可将葫芦谷后路塞断,暗伏兵于谷口。若司马懿追到,任他入谷,便将地雷干柴,一齐放起火来。"又令军士昼举七星号带于谷口,夜设七盏明灯于山上,以为暗号。马岱受计引兵而去。

孔明又唤魏延吩咐曰:"汝可引五百兵,去魏寨讨战,务要诱司马懿出战,不可取胜,只可诈败。懿必追赶,汝却往七星旗处而入。若是夜间,则往七盏灯处而走。只要引得司马懿入葫芦谷内，吾自有擒之之计。"魏延受计，引兵而去。又唤高翔吩咐曰："汝将木牛流马，或二三十为一群，或四五十为一群，各装米粮，于山路往来行走。如魏兵抢去，便是汝之功。"高翔领计，驱木牛流马去了。孔明将祁山兵一一调去，只推屯田，吩咐如别兵来战，只许诈败。若司马懿自来，则并力攻打渭南，断其归路。孔明分拨已毕，自引一军，近葫芦谷下寨。

且说夏侯惠、夏侯和二人，入寨告司马懿曰："今蜀兵四散结营，各处屯田，以为久计。若不趁此时除之，纵令安居日久，深根固蒂，难以摇动。"懿曰："此必又是孔明之计。"二人曰："都督若此疑虑，寇敌何时得灭？我兄弟二人，当奋力决一死战，以报国恩。"懿曰："既如此，汝二人可分头出战。"遂令夏侯惠、夏侯和各领五千兵。去讫，懿坐待回音。

夏侯惠、夏侯和二人，分兵两路，正行之间，忽见蜀兵驱木牛流马而来。二人一齐杀将过去，蜀兵大败奔走。木牛流马尽被魏兵抢获，解送司马懿营中。次日，又劫掳得人马百余，亦解赴大寨。懿将解到蜀兵，诘审虚实。蜀兵告曰："孔明只料都督坚守不出，尽命我等四散屯田，以为久计，不想却被擒获。"懿即将蜀兵尽皆放回。夏侯和曰："何不杀之。"懿曰："量此小卒，杀之无益，放归本寨，令说魏将宽厚仁慈，释彼战心，此吕蒙取荆州之计也。"遂传令今后凡有擒到蜀兵，俱当善遣。仍重赏有功将吏，诸将皆听令而去。

司马懿见蜀兵屡败，心中欢喜。一日，又擒到蜀兵数十人，唤至帐下问曰："孔明今在何处？"众告曰："诸葛丞相不在祁山，在葫芦谷西十里下寨安住，命每日运粮屯于葫芦谷。"懿备细问了，即将众人放去。乃唤诸将吩咐曰："孔明今不在祁山，在葫芦谷安营。汝等于明日可一齐并力攻取祁山大寨，吾自引兵来接应。"众将领命，各自准备出战。司马师曰："父亲何故反欲攻其后？"懿曰："祁山乃蜀人之根本。若见我兵攻之，各营必尽奔救。我却取葫芦谷烧其粮草，使彼首尾不接，必大败也。"司马师拜服。懿即发兵起行，令张虎、乐𬘩各引五千兵在后救应。

且说孔明正在山上，望见魏兵。或三五千一行，或一二千一行，队伍纷纷，前后顾盼。料必来取祁山大寨，乃密传令众将："若司马懿自来，汝等便往劫魏寨，夺了渭南。"众将各自听令。却说魏将皆奔祁山寨来，蜀兵四下，一齐呐喊奔走，虚作救应之势。司马懿见蜀兵都去救祁山寨，便引二子并中军护卫人马，杀奔葫芦谷来。魏延在谷口，只盼司马懿到来，忽见一支魏兵杀到，延纵马向前视之，正是司马懿。延大喝曰："司马懿休走。"舞刀相迎，懿挺枪接战，不上三合，延拨回马便走，懿随后赶来。延只往七星旗处而走，懿见魏延只一人，军马又少，放心追之。令司马师在左，司马昭在右，懿自居中，一齐攻杀将来。魏延引五百兵，皆退入谷中去。懿追到谷口，先令人入谷中哨探，回报谷内并无伏兵,山上皆是草房。懿曰:"此必是积粮之所也。"遂大驱士马,尽入谷中。

司马懿既入谷中,忽见草房上尽是干柴,前面魏延已不见了。懿心疑,谓二子曰:"倘有兵截断谷口,为之奈何?"言未已,只听得喊声大震,山上一齐丢下火把来,烧断谷口,魏兵奔逃无路。山上火把射下,地雷一齐突出,草房上干柴都着,刮刮杂杂,火势冲天,满谷皆红。司马懿惊得手足无措。乃下马抱二子大哭曰:"我父子三人,皆死于此处矣。"正哭之间,忽然狂风大作,黑气漫空。一声霹雳响处,骤雨倾盆。满谷之火,尽皆浇灭,地雷不震,火器无功。司马懿大喜曰:"不就此时杀出,更待何时。"即引兵奋力冲杀,张虎、乐綝亦各引兵杀来接应。马岱军少,不敢追赶。司马懿父子,与张虎、乐綝合兵一处,同归渭南大寨,不想寨栅已被蜀兵夺了,郭淮、孙礼正在浮桥上,与蜀兵接战。司马懿等引兵杀到,蜀兵退去。懿烧断浮桥,据住北岸。此时魏兵在祁山攻打蜀寨,听知司马懿大败,失了渭南营寨,军心慌乱。急退时,四面蜀兵冲杀将来,魏兵大败,十伤八九,死者无数,余众奔过渭北逃生。孔明在山上,见魏延诱司马懿入谷,一霎时,火光大起,心中甚喜,以为司马懿此番必死。不期天雨大降,火不能着,哨马报说司马懿父子俱逃去了。孔明叹曰:"谋事在人,成事在天,不可强也。"

观孔明之战司马懿,用尽心力,卒因天雨,以致前功尽弃。诚天意之不属,非人力之不尽矣。孔明言天意,而仍尽人力,非若后世之不尽人力,专恃天意者可比,是又青年子弟所不可不知者也。

草木皆兵

国韵小小说

草木皆兵

话说东晋时候,胡人入据中原,中国土地,四分五裂。晋朝偏安一隅,无力与争。不料胡人心还不足,屡次发兵来夺晋朝土地。幸而晋朝尚有几员大将,可以抵敌。是日适孝武帝设朝,近臣奏报,秦王苻坚命苻融为将,统领雄兵百万,战将千员,来夺江南。晋帝闻知,大惊失色,急与群臣商议退敌之策。群臣皆面面相觑,并无一人发言。但见各处告急本章,如雪片般送进朝来,皆报说秦将苻融、张蚝、慕容垂等,领步骑一十五万,已抵颍口;尚有龙骧将军姚苌领兵二十万,从北路杀来;秦王苻坚亲统大军六十余万,铁骑军二十七万,即日将抵项城。秦军水陆并进,运粮万艘,一路营寨相连,指日可到。此报一至,晋朝君臣,吓得手足无措。晋帝连问:"谁人敢退秦兵?"诸文武尽皆失色。此时班中一位大臣被激怒,乃中书监录尚书事谢安,出班奏曰:"自古云养兵千日,用在一朝。陛下待诸文武如手足,今日闻秦兵一至,尽皆缄口结舌,此何理也?臣虽不才,愿率一旅之师,效犬马之劳,以退秦兵,稍报陛下知遇之恩。"晋帝见谢安是文臣,心想退敌乃武将之职,谢安手无缚鸡之力,胸无军旅之学,如何去得,所以不肯答应。安曰:"今事急矣,无人向前,不如遣臣一行。所谓将在谋而不在勇,待臣略施小计,管教百万秦兵,片甲不回。"晋帝见谢安侃侃而谈，颇壮其胆，只嫌他是文臣，终不敢发遣。乃有近臣奏道："有文事者必有武备，有武备者必有文事。臣观谢尚书侃侃而谈，必是胸有成竹，破敌之策，早已决定。不如命他一行，另选大将为副，破秦必矣。"帝曰："朝中谁人可任大将？"谢安曰："臣侄谢玄，勇略双全，可任大将。"帝曰："秦兵百万，非可儿戏视之。倘用人不当，一朝挫败，如之奈何？"朝臣王彪之曰："玄乃一儒生，岂是苻融之敌，不可用也。"周雍亦曰："玄年幼德薄，恐诸将不服，反误大事。"谢安曰："此时多言无益，臣请以全家性命担保。"帝乃命召谢玄，玄至，帝曰："今秦兵侵境，孤欲命卿总督人马，以破苻坚何如？"玄对曰："国家多难，匹夫有责。陛下命臣，敢不效命。惟恐年幼，倘文武不服者如何？"帝曰："如有不遵令者，先斩后奏。"遂令谢安总督天下诸军事，谢玄为征北大将军，以兵数万，出拒秦兵。二人领旨退出，朝臣皆窃窃私语，皆道谢安文臣，焉能统兵，此去直送死耳。

却说，谢安字安石，自幼即聪明过人，四岁时，谯郡桓彝见而叹曰："此儿风神秀彻，前途未可限量也。"后果应其言，位至尚书。安子侄颇多，惟玄有经国才略。玄字幻度，为谢安兄子，安屡称其能。晋帝遂任用之，玄屡立战功，官至建武将军兖州刺史，至今又拜为征北大将军。是日叔侄两个，领旨出朝，检点兵马，只得八万余人。次日谢安传下号令，教各处严防关隘，坚守淝水，不许出战。众将闻之，相聚笑曰："朝廷特任谢安，统领各军，以为他有奇计，可以破敌。今只知把守，谁人不能，亦何必命此文臣来耶？"就中有两员大将，皆有万夫不当之勇。一名桓伊，字叔夏，力举千斤，使一丈八蛇矛，不亚三国时之张飞，且善吹笛，能移人情；一名刘牢之，字道坚，面色紫赤，须长过腹，目光如电，使一柄大刀，为人勇而有谋。此二人素有战功，今见谢安按兵不动，忍不住进帐请令道："吾等自跟大司马桓温，平定西蜀，大小数百战，莫不奋勇向前。即帐下诸将，亦皆桓大司马部将，披坚执锐、出生入死之士。今主上以公为大都督，令退秦兵，宜早定奇计，分头进征，方能成功。今却死守，以待天自杀贼，何无谋之甚也。我等非贪生怕死之人，乃使坐以待毙，此何理乎？"言讫，帐上下皆曰："二将军之言是也，我等情愿奋勇向前，与秦兵决一死战。"谢安听罢，掣剑在手，指而言曰："苻坚名闻天下，戎狄尚自惧怕。今以百万之众，来寇江南，不可轻敌。况吾军只有八万，众寡悬殊。汝等诸将士虽勇，寡安可以敌众？吾今既受重任，自有退敌妙算，非汝等所能知。今汝等藐视吾为书生无能，不服将令，即此足以败事，安望成功？今再申吾令，诸将各按职守，坚守隘口险要，不许妄动。如违令者，以此剑立斩。各宜凛遵，勿得多言。"于是众将皆喏喏而退，各分头把守去了。

却说，苻融兵马，直至川口，连营一千余里，前后四百余寨，夜则灯火烛天，昼则旌旗蔽日。连日不见晋军动静，命细作打探,方知晋用谢安为大都督,总制军马,现在下令把守险要,不许出战,所以并无动静。苻融问谢安何如人,谋士权翼曰:"江东伟人,足智多谋,不亚当年三国时之周瑜也。"苻融怒曰:"儒生有何高谋?吾令前队迫之,谢安可指日生擒。"权翼曰:"不可不可,安之才学,不在桓温之下。今但守而不战,必有诡计,不可轻举妄动,堕其术中。"苻融曰:"吾用兵岂不如一书生耶?勿多言,看吾擒之。"苻融乃自引前军,分攻各处关隘,日日令小军叫骂搦战。谢安闻知,召谢玄至,谓之曰:"汝可与吾子琰,及中郎将桓伊,引全军出屯淝水,以拒秦兵。其余把守各处关隘之兵将,可仍令严守勿动。"玄曰:"秦兵百万,猛将千员。今吾只以八万之众前去,如何抵敌得过,叔父用何计以拒之?"安曰:"汝从吾言,仅引兵先去,且莫与战,吾自有奇计。"于是玄与谢琰、桓伊竟引八万精兵,出屯淝水之上,以拒秦兵。早有细作报入秦军,苻融闻知晋兵只有八万,大笑曰:"吾早知书生不知战略。区区八万兵,如何敌得我百万大军。真是以卵敌石,自不量力。"即使人报秦王曰:"今晋兵弱少,不敢来战,破之甚易。请陛下车驾亲临,指日破敌。"秦王坚见其书,即日亲领大兵六十万,来至项城,命诸军徐进,朕自以轻骑二千,兼道先赴军前。诸将奏曰:"晋兵弱少,大王可坐待捷报,何必亲自向前?"秦王曰:"朕若不去,则三军不肯用命。"言讫,引二千人先行,来至苻融军中。苻融接着,入于中军。问劳已毕，融命摆宴款待秦王。席间秦王酒酣，谓诸将曰："吾军人投一鞭，淝水可满。彼谢安不自量力，敢来与朕拒敌，不日必生擒之。"言讫，大笑，众将皆笑。宴毕，苻融又引秦王出视晋军，秦王见晋军营垒不多，营门坚闭。回顾己军，则刁斗森严，兵强马壮，大喜曰："此天与吾也，破晋必矣。"是夜，秦王即宿于苻融帐中。谢玄闻秦兵大至，恐寡不敌众。至夜，私自回城，来见谢安。岂知谢安连日不理军情，不分昼夜，但与王羲之围棋赌胜。谢玄大惊曰："秦王亲临前敌，秦兵漫山遍野，旌旗相望。侄恐寡不敌众，故星夜来见叔父。岂知叔父不视军情，但事围棋，敢问计将安出？"谢安拈子在手曰："汝火速归营，调兵紧守淝水，切莫妄动，吾自有计。若有紧急，可使人来报，吾必自来。"玄不敢复言，急归营紧守不出，只是心中终觉不安，恐秦兵一旦竟杀过淝水来，将如何抵御。过了数日，乃使张玄往请谢安。张玄入城，见谢安告急曰："秦兵大至，诸将皆要出战，请明公火速出城。"安不得已，命驾来至玄营，但见诸将各个摩拳擦掌，跃跃欲试。谢安升帐，皆上前请令出战。安曰："秦兵众，吾兵寡，其气正盛，绝不可以力敌。今我守险，以老其师，彼军久不遇战，锐气自退。吾待其懈怠之时，出奇计以攻之，可以一战而胜。今诸将见彼军驰骋于平原，耀武扬威，而激怒于心，但求一战。敢问七八万人，固可以一勇而敌百万乎？"众皆默然。安曰："此所谓小不忍而乱大谋也。"言讫，退帐，遂邀谢玄与王羲之等，私游山野。安谓玄曰："吾与汝围棋一局，如何？"玄不敢违命，然手虽下棋，而心中终犹疑不释。平日安棋不及玄，是日玄竟连败数局，遂不再棋，但曰："秦兵势大，叔父有何计破敌？"安曰："吾有三胜，汝休漏泄。吾今观吾军，天时地利人和皆占胜利。今岁星在吴，而秦逆天来攻，古云逆天者亡，吾胜秦败，此天时也；吾有长江之险，秦军不能飞渡，此地利也；秦兵号称百万，皆乌合之众，兵将虽多而不和，吾军固少，而同一心，此得人和也。吾有此三胜，但得机会，出奇计以攻之，破秦必矣。"玄乃大服，至夜安仍回城。

却说秦军终日搦战，只不见一人出马。权翼曰："为今之计，不如先取寿阳。若得寿阳，晋都城建康必然震恐。恐则生乱，乱则逃奔。军无斗志，江南可一战而定矣。"秦王从之。即召阳平公苻融至，令引兵五万去攻寿阳，又令前军先锋梁成，引兵五万屯于洛涧，建筑寨栅，以阻晋兵，使不得救应。二将各率兵去讫。却说，苻融引兵来攻寿阳，郡守王正，不守谢安将令，径自率兵五千，出城迎敌。苻融指着王正曰："早早来降，免汝一死。"正大怒，拍马舞枪，出阵来战苻融。秦兵阵中，徐成以双刀来迎。二人交锋，战至十合，王正遮拦不住，正思逃走，张蚝一骑马一条枪，飞出阵前，大喊一声，刺王正于马下。晋兵溃散，苻融挥兵杀奔入城，占据寿阳，迎接秦王苻坚及众文武入城屯扎。苻坚大喜，商议即日进兵，直攻晋营。次日，忽有细作报入城来道："晋军一夜增兵一百万。"秦王急与众文武登寿阳城,遥望晋军,见八公山列有雄兵一百余万,人人勇猛,军械整齐,队伍不混。秦王一见大惊曰:"此劲敌也,何谓弱少乎?"因命苻融、梁成,进兵速战,曰:"彼主吾客,客军利在速战。今彼坚守不出,吾之大患也。"又问众谋士有何妙计,可胜晋军。降将朱序进曰:"某与谢氏叔侄,有一面之交,大王遗以尺幅之书,某愿渡过淝水,掉三寸不烂之舌,说其来降,东南指日可平。"苻坚即作书使朱序去招谢安。原来谢安暗地命刘牢之,领军士扎草为人。一夜工夫,将一百余万个草人,扎于八公山草木之间。苻坚远望,只道是真的,后来还说天助晋朝,所以八公山草木,一夜皆化为兵,岂知乃谢安之计耶。是时谢安命谢玄提兵,近洛涧二十五里屯扎,预备先攻梁成。忽报朱序来见,安命请进,问曰:"闻君在襄阳与苻丕相持,今何以来此。"朱序曰:"吾奉晋帝命守襄阳,被苻坚使子苻丕与杨安,领军五万,攻陷入城,不得已伪降于秦。今苻坚遣吾来说都督,吾因此得见明公。序必不负大晋,愿为内应。公自外来,吾自内出,破秦必矣。"安曰:"吾素知君忠义,今来相助,是天假吾破秦之机会也。"序曰:"今梁成凭血气之勇,以兵五万,屯于洛涧,甚易攻取。若待秦兵齐至,难于为敌,不如乘诸军未集,破其前锋,则彼之气夺,可一战而大破之。"安曰:"甚善。"序即归见苻坚诳曰:"安、玄已被序说动,惟因家属尚在建康,须俟接出后,方能来降。"坚听了半信半疑，命序暂退。

却说谢安见朱序既去，即升帐聚大小将校听令。命刘牢之引五千精兵去攻梁成，乘晚而进，不可退后。又命谢玄、桓伊各引兵三千，抄小路埋伏，以待梁成兵败走回，断其归路。三人领令去讫。刘牢之领精兵五千走到洛涧，隔涧一望，见梁成阻涧为营。牢之身先渡水，精兵后随，一声鼓噪，杀上岸来。梁成听得鼓响，知有兵至，忙令士卒准备迎敌。牢之已挥刀杀进营来，一路将秦兵砍瓜切菜一般乱杀，梁成持枪直取牢之，战不上五合，被牢之大吼一声，劈梁成于马下。秦兵奔溃，副将王显，见梁成已死，忙领残兵走奔下流，正遇谢玄。交马一合，被玄捉住。桓伊横杀秦兵，牢之又从后赶来。秦兵争赴淮水，死者万五千人。谢玄收得秦之器械军资，来见谢安。安传令水陆三军尽进，屯于淝水之东。至夜，召谢玄入谓曰："今秦之前锋既败，必不敢进，退则恐为天下人耻笑。此正机会，不可失也。汝可领吾密计，如是如是，破之必矣。"玄大喜。安乃回建康见帝，谓破敌在即，陛下可以无虑，晋帝喜甚。是时秦王坚闻前锋已失，梁成已死，急传令教苻融率兵逼淝水而阵，昼夜分巡。次日，谢玄使能言军人来见苻融，曰："吾奉都督将令，拜上将军。将军远涉吾境，利在速战。今置阵逼水，此持久之计，非欲速战者也。若移阵小却，使吾兵得渡，以决胜负，不亦善乎。否则待守而废粮草，有何益哉。"苻融闻其言，入城报知秦王。苻坚遂问诸将曰："汝等主意若何？"大将徐成等曰："我众彼寡，不如遏之，使其不得渡河，方为万全之策。"苻坚曰："不然，如此则自老吾师也。况彼八公山之军，亦不为寡。吾便引兵少却，使彼兵半渡，我以铁骑数十万，临水攻之，可获大胜。"融曰："陛下神见，诸将不及。"于是苻融即出传令，是夜移营退却十里。又令徐成选铁甲军五万，待晋军半渡时击之。时玄之细作，见秦兵移阵，即来报知谢玄。谢玄大喜，桓伊等曰："秦兵势大，何以破之？"玄曰："秦兵一百余万，连下百余营。今却阵必然混乱，吾乘其乱而攻之，可擒苻坚也。"于是大集诸将听令曰："今夜东南风大作，吾军适在东南。谢石可由水路进兵，船上多载茅草，近秦营即放火烧之。秦之水营被焚，陆营必乱。刘牢之可引军十数队往攻水北岸，桓伊领军十数队往攻江南岸。每人各带茅草一束，内藏硫黄烟硝，皆带火种，草挑于枪刀之上，但到秦营，近林者顺风举火。秦兵四十营，每烧一营，相隔三营再烧。彼时秦兵必乱，我军乘乱攻击。各带行粮，不许稍退，无分晓夜，直须拿住苻坚为止。"诸将皆得令而去，谢玄自领中军，随后接应。

却说，秦王当日，自出城来营中，寻思破晋之计，忽见中军帐前，旗幡无风自倒。权翼曰："此不吉之兆也，莫非有晋兵乘夜来劫营？"道犹未了，有军探来报曰："上山远望，见晋兵已出，渡水而东。"秦王曰："此疑兵也，只管移营。"令徐成引军马五万前去邀击。黄昏将近，东南风骤起。权翼回报，水北岸寨中火起。秦王便教探视。张蚝也来回报，望见水寨中火起，秦王即唤徐成亲往水北岸，张蚝亲往江南，探看虚实，如晋兵已到，可急回，二将领兵而去。初更时候，喊声动地，西营军马，齐奔中军，自相践踏，死者无数。后面晋兵杀到，正不知人数多少，秦兵只道八公山一百余万晋兵，一齐杀来，吓得四散而逃。秦王急急上马，引军奔走。火光连天，江南江北，照耀如同白日。苻融引手下数百骑，正逢晋将桓伊，被伊一矛刺中肩头。苻融拼命冲杀，却被伊军围住，乱箭射死。谢安之子谢琰，引军来赶秦王。苻坚不敢抵敌，往西奔走。前面晋军又到，为头一将，提白银枪直杀过来，乃是征北大将军谢玄。晋军两面夹攻，将秦王围住，四下无路。秦王正慌急间，忽闻喊声大震，张蚝引军杀入，将秦王救出，急上战船，将船掉开。谢玄令军人在岸上射箭，万弩齐发，一箭适中秦王肩臂，倒在船上。众将救醒，急忙奔逃。当时朱序领部下在秦军中做内应大呼道："秦军大败，秦王已死。八公山大军，尽杀过江来矣。"秦军因移阵大乱，队伍不齐。晋兵又四面杀来，忽闻朱序大呼，于是秦兵愈惊大溃。秦王走过西河，遇见徐成败兵，合在一处。后面晋军追至，秦王、张蚝等引军逃上停马山。谢玄大队赶到，将山围住。秦王遥望己兵，死者蔽野塞川，死尸重叠，塞江而下，淝水为之不流。及围至次日，晋兵愈围愈厚，四面放火烧山。秦兵乱窜，忽见火光中一将，引数千骑杀上山来，乃秦王手下将官邓羌、傅删也，羌对秦王曰："四下火光逼近，陛下务宜速走。"于是邓羌在前，傅删断后，杀奔下山。晋兵犹紧紧追赶，秦王教从行军士，尽脱衣甲，叠于山路而焚之，以绝追军，方才得脱。刘牢之等一路追赶秦兵，秦兵闻风声鹤唳，皆以为晋兵且至，心胆俱碎。谢玄等直追至青冈，方传令鸣金收军。所获器械军资珍宝，堆积如山，遣使到建康报捷。谢安正与王羲之围棋，捷报至，安视一过，即置之，仍下棋如故。羲之问之，安曰："小儿辈已破秦师矣。"棋罢，安入内，心中喜极，过户限，不觉屐齿之折。晋帝闻捷报大悦，加封谢安为太保，谢玄为后将军，假节钺，还镇京口，诸将士皆论功升赏。是役秦兵百万，败存只四万余人，秦王终以为晋兵真有百余万，不知八公山草木皆兵之为假也，以致大败而归。当时晋国朝野上下，闻此捷报，莫不喜出望外，皆称谢安之妙计安天下也。由此看来，苻坚恃强骄盈，毫不虚衷，以致一败涂地。谢安默运潜算，不事张扬，卒能以寡敌众，以弱胜强。凡人之做事，无论大小难易的，总要戒谨恐惧，不自满足，处以谦和，持以镇静，自能得优美之结果。否则矜才使气，操切从事，未有不败者也。

混世魔王

却说隋朝时代，山东地方，有一群英雄好汉，因隋炀帝无道，害忠嫉贤，群起义愤，即在一土地庙中歃血为盟。盟单上写道：

维大业二年九月廿二日，有徐茂公、魏征、秦琼、单通、张公瑾、史大奈、尉迟南、尉迟北、鲁明星、鲁明月、南延平、南延道、白显通、樊虎、连明、金甲、童环、屈突通、屈突盖、齐国远、李如珪、贾闰甫、柳周臣、王勇、尤通、程咬金、梁师徒、丁天庆、盛彦师、黄天虎、李成龙、韩成豹、张显扬、何金爵、谢应登、仆固忠、费天喜、柴绍、罗成，不愿同日生，只愿同日死。吉凶相受，患难相扶。如有异心，天神共鉴。

写罢，个个写了年纪，众人跪下，将盟单念一遍。祝罢起来，将刀在臂上刺出血来，滴入酒中，大家各吃一杯。即日反出潼关，一路无人可敌，一日夺了金提关，以为基业。众人一齐入关，休养三日，又招兵万余。留贾闰甫、柳周臣分兵一千镇守金提关，其余一齐竟奔瓦岗寨而来。到了瓦岗寨地方，放炮安营。徐茂公道："哪一个兄弟前去取瓦岗寨？"程咬金说："小弟愿往。"遂提斧上马出营，直到城下大叫道："城上的军士快报军将得知，说我程爷爷讨战。"探子报入帅府，守将马三保闻报即问众将道："哪一位将军前去迎敌？"有胞弟马宗应道："小弟愿往。"遂披挂上马，手执大刀出城，见了咬金貌丑非常，便喝道："丑鬼何人？"咬金大怒，喝道："我乃反山东的程咬金便是，你这厮却是何人？"马宗道："我乃大隋朝正印元帅马三保胞弟马宗是也。"咬金道："不管什么马，吃我一斧。"遂举斧劈面砍来，马宗把刀往上一架，不想刀杆被咬金砍断，马宗措手不及，被咬金一斧砍落马下。又抵关讨战，此时徐茂公一众人领兵齐出营门观看，那败兵报入帅府。马三保闻报大惊，忙问哪位将军再去迎敌。闪出三弟马有周愿为二兄报仇，誓杀此贼，遂披挂出马，一马冲来。咬金催马向前，当头就是一斧。有周兵器未举，被一斧斩下马来。败兵又报入帅府，马三保闻报，长叹一声道："总是当今无道，以此天下荒荒，盗贼生发。也罢，众将收拾家小待本帅自去一战。若不能胜，穿城走了罢。"收拾齐备。马三保提刀上马，冲出城来，大喝道："哪个是山东程咬金？"程咬金道："爷爷便是，想你也是要来尝爷爷的斧头滋味。"遂把斧头当头劈下。马三保叫声好厉害，回马就跑，背后程咬金、徐茂公，众好汉一齐赶上。马三保带了众将并老小穿城而走，徐茂公鸣金收军，与众好汉入城，安民查库，在帅府中摆了筵席。正吃酒之间，忽听得一声震天的响，大家吃了一惊。左右来报，教军场中演武厅后，震开一个大地穴。

徐茂公与众好汉一齐至教场中演武厅后一看。只见黑洞洞不知多少深。程咬金道："这个底下，一定是个地狱。"徐茂公教取数丈索子来，索头上缚了一只黑犬、一只鸡放下去。顺手一松，便到底下。咬金道："这是什么意思？"茂公道："贤弟有所不知，若放下去鸡犬没有了，就是妖穴。若鸡犬俱在，即是个神穴。"咬金道："原来如此。"少时拽起来，鸡犬虽在，却是冻坏的了。程咬金笑道："原来是个寒冰地狱，我们走开了，不要跌下去冻死了。"徐茂公道："此是神穴，必须哪一位兄弟下去看看，便明白了。"咬金道："徐大哥舍得自己，莫说他人，就是你下去便了。"徐茂公道："我有个道理，写下三十七个纸阄。三十六个不去，一个去字。哪一个拈着去字，就下去。"众人道有理。茂公遂写了，个个折好，教众人拈。拈完了，拆开来看，大家都是不去二字。那一个去字，恰好是程咬金拈着。徐茂公道："这没得说，你自己拈着。"咬金道："我又不识字，你们作弄我，说我是去字。"茂公道："不去是两个字，去只一个字，难道你亦不识？"众人拿出来看，都是两个字。程咬金看自己手中，却是一个字，便道："我今下这寒冰地狱，料不能活了。"徐茂公道："你下去，包你不妨。"咬金道："还说妨不妨，不过是做个寒冰小鬼罢了。"茂公叫取个大筐子，缚在索头，一丈挂一个大铃，叫咬金坐在筐内。咬金不得已带了大斧，坐在筐内。众人放下索子去，那铃儿叮叮地响。放下有五六丈索子，就到了底。

索子一松,上面住了手。咬金爬出筐子,提斧在手,却黑洞洞不见一些亮光,只管摸去,转过两个弯,忽见前面有一对亮光,咬金暗道:"啊呀,这一定是妖怪的两只眼睛。"赶上前一斧劈去,砍开,原来两扇石门,里面又是一个世界。走进石门,见上边也有天,下边一条大河,中间一条石桥。走过了桥,却是三间大殿,静悄悄并无一人。咬金走上殿中间,见桌上摆着一顶冲天翅金幞头,一件杏黄龙袍,一条碧玉带,一双无忧履。咬金见了,以为稀奇,就把头上紫金冠除去,将冲天翅金幞头,戴在头上,把杏黄龙袍穿了,将碧玉带系了,脱去皮靴,登上无忧履。又见东面有一个宝匣,开来一看,见一块玄珪,一张字纸,咬金却不识得,把宝匣揣在怀内,就下殿来。走至桥边,见寒气侵人,只得跑出石门。那石门一声响,即时关上。咬金七扒八跌奔过来,摸着筐子,坐在里面,把索子乱摇。那铃儿响动,上面连忙拽起,出得地穴。咬金走出筐子,一声响地穴即闭了。咬金道:"造化了,略迟了些,即活埋了。"众人见他这般穿戴,大家稀奇起来。咬金细言前事,取出宝匣与茂公看。茂公把那字纸一看,只见上面写道:"程咬金举义集兵,为三年混世魔王。"

众人道:"如今要保这冒失鬼了。"咬金大喜道:"这自然是我做皇帝。"徐茂公吩咐把帅府大堂,改作皇殿,择吉日请程咬金升殿。众人朝贺毕,徐茂公请主公改年号立国号,咬金道:"我在此做皇帝,不过混账而已。如今可称长久元年,混世魔王便了。"茂公道:"请主公封官赏爵。"咬金道:"徐茂公为左丞相、护国军师,魏征为右丞相,秦琼为大元帅,其余一概都是将军。"众人听了,各皆谢恩。咬金叫大摆御宴,与各位皇兄御弟吃酒。正吃之间,见探子来报道:"启大王爷,今有靠山王杨林,领兵十万来攻瓦岗寨了。"咬金听说大惊道:"这杨林那厮来了,如今要驾崩了,这个皇帝当真做不成了。"茂公道:"主公不必心焦,且上城一看来势如何。"咬金道:"既如此,备孤家御马来。"咬金遂上了马,提着斧,众将随了,来到城上一看。杨林已摆下一阵,把瓦岗寨四面围住。秦琼一班人皆不识,便问军师,此是何阵。茂公道:"此乃一字长蛇阵。击首则尾应,击尾则首应,击其腰首尾俱应。"看罢,大家回朝商议破敌。茂公道:"须得一员大将能敌杨林者,从头杀入,四面调将冲入阵中,其破必矣。"秦琼道:"不知何人能敌得杨林。"茂公道:"除令表弟罗成外,恐不能当此任。惜乎令表弟已回家,必须哪一位兄弟前去请他来方妥。"秦琼道:"徐大哥此言差矣,我姑丈镇守燕山,法令严明,岂容我等如此。他若得知,还要见罪,焉肯使表弟来助。"茂公道:"我有妙算,只消差一个兄弟前往燕山,暗地去请令表弟前来,包你令姑丈一点也不知道。"

咬金听了,也不问情由,大叫道:"妙妙,你可速速替孤家写起诏书来,差官前去,连他父亲也一同召来。他是靖边侯,孤家也封他为靖边侯,快快写诏书来。"咬金在殿上南面坐定，语言不住。茂公等见咬金这般错乱，实是好笑，却欺他不识字，胡乱应道："领旨。"茂公写了书，咬金道："念与孤家听。"茂公遂依他口气，假做诏书，召他父子，念了一遍。咬金道："要差哪一位去？"茂公道："此事必须王勇前去方妥。"当下封好了书，茂公叫过王勇，附耳低言，过隋营如此如此，见罗成这般这般。王勇领命，将书藏好，手提方天戟，上马出城，竟奔隋营。隋兵一见，飞报入帐，说启王爷："有贼人单身匹马来冲营了。"杨林闻报，就令第七太保杨道源前去出战。道源领命，提枪上马，出营一看，见王勇便喝道："来将何名？"王勇横戟在手，忙叫道："将军请了，我却不来交锋，要去请个人来。"道源喝问道："你去请什么人？"王勇道："将军有所不知，我们起初原不肯反，只因秦叔宝有个堂兄弟名唤秦叔银，他叫我们反的。我们说反是要反，只怕杨林兴兵来，十分厉害，如何反得？他说不妨，你们只管反，若杨林来，待我把这老狗挖出眼睛，用灯草塞在他眼睛内，做眼睛灯。我们一时听他，所以反了。不料老大王果然到来，我今要去山东请他，特与将军说知，可去说与大王知道。若怕我去请他来挖大王的眼睛，你就不放我过去。你若不怕，就放我去。"杨道源一闻此言，气得无明火起，道："罢了罢了，你去请他来。"王勇道："将军不要见恼，还该与大王说了。大家计较，将军若放我去，倘老大王怕他，岂不要见罪将军？"杨道源气得三尺暴跳，七窍生烟，大喝道："不必多讲,你去便了。"吩咐三军让他一条大路,放他去罢,自却回进营来。杨林见他颜色不平,不胜怒气的行状,便问道:"王儿为何如此?"道源道:"父王有所不知,真活活气死人。"就把王勇言语,一一述了一遍。"如今臣儿放他出营,叫他去请来。"杨林闻言,气得眼珠突出,银须倒竖,叫道:"放得好,这厮焉敢无礼,辱没孤家,待他到来,看他是如何样的。"

且说王勇出了隋营,竟往燕山而来。不一日,到了燕山。入城寻了个住店歇下,问店主人道:"罗元帅公子可在府中?"店主人道:"罗公子不在府中。"王勇道:"他到哪里去了?"店主道:"因边外突厥兴兵犯边关,罗元帅令公子领兵出城去了。"王勇道:"可晓得几时回来?"店主道:"早间闻得做工的人说,罗公子大破番兵,明日就回来了。"王勇大喜,就在店中宿了。到了次日早饭后,王勇出城,到一个僻静处等候。到了下午,忽见有几个敲锣鼓的过去,少时,又见一队队兵过去,将次过完,却见罗成有四五个家将跟随在后面,按辔而来。王勇呼哨一声,罗成早看见是王勇,即吩咐家将先行,自己跳下马来,与王勇施礼。罗成道:"你今日因何到此?"王勇道:"自贤弟走后,得了瓦岗寨,程咬金做了混世魔王。今杨林摆了一个长蛇阵,围困瓦岗。我奉徐茂公之令,来请贤弟,故尔到此。"怀中取书,付与罗成拆开一看,道:"兄且在店中等着,待我回去与母亲商量,设个计较。若能脱身,弟自差人来知会。"遂别王勇上马入城,回至帅府,缴了令。罗公自去赏军,罗成入后堂来见母亲,行礼毕,罗成道:"母亲,好笑得紧,秦琼表兄立程咬金为王。被杨林围困,写书来请孩儿去救。母亲你道好笑不好笑?"老夫人道:"书在哪里?"罗成向怀中取出,老夫人接过一看,不觉泪下道:"我儿,你母亲面上只有这点骨血,一有差错,秦氏一脉休矣,我儿必须设个法儿去救他方好。"罗成道:"只怕父亲得知,不当稳便。儿有一计,少停父亲进来,母亲可如此如此,父亲一定允的,孩儿便可去了。"老夫人依允,把书烧了。

　　少时,只听云板一响,夫人便大哭起来。罗公进来,十分惊骇,忙问道:"夫人却是为何?"夫人道:"从前怀孕的时节,会许武当山香愿,后遂事忙,至今未曾了得。昨夜梦见神圣震怒,要伤我儿,故此啼哭。"罗公道:"夫人既有此兆,作速差人前去,还此香愿便了。"夫人道:"这香愿,原是为孩儿许的,必须孩儿亲自了愿方可。"罗公依允,令罗安打点香烛祭品,明日动身前去。罗成悄悄吩咐罗安,通知王勇,叫他城外僻静处去等,罗安自去知会。次日天明,罗成收拾盔甲器械,别了父母。带罗安、罗春一齐起身,吩咐罗安、罗春在朋友处借住,等我回来,同进帅府复命,不可泄漏。自己一马奔出城来,王勇在前相等。二人拍马,连夜赶行,不一日,来到瓦岗,果见许多人马团团围住。罗成叫声王兄:"我今杀入阵去,你可乘乱入城去知会。"王勇允了,罗成遂纵马冲入阵内,大喝道:"隋兵让开路,俺秦叔银来了。"隋兵齐说不好,挖大王眼睛的来了。大家把箭射来,罗成把枪一撅,那射来的箭,都叮叮当当落在地下。罗成冲进营盘,一路兵东倒西歪,死者不计其数。杨林闻报,同众将一齐上马。先是杨道源,一马杀来,被罗成一枪,拦开刀,喝声过来。将手勒住甲绦,提过马来,哈喇一声,撕为两片,抛在地下。那徐茂公,在城上看见尘土冲天,知罗成已到,忙令众将大开城门,分头杀出,俱攻大寨。罗成在阵内,又枪挑卢方,铜打薛亮。杨林大怒,举囚龙棒,劈面打来。罗成使枪来迎,如银龙出水,猛虎离山。杨林道:"这是罗家枪法!"罗成道:"我哥哥秦叔宝,学得罗家枪。难道我,堂弟秦叔银,学不得罗家枪么?"遂提枪直刺,杨林举棒相迎,大战十余合。杨林换剑砍来,却被瓦岗众将杀到。杨林心中一慌,被罗成一枪正中左腿,几乎坠马,大叫一声,回马便走。罗成纵马赶来,隋兵降者二万余人,弃下粮草马匹军器,不计其数。追赶二百余里,鸣金收军。罗成会见秦琼,诉说一切。罗成对秦琼道:"哥哥,弟今不敢入城,恐有泄漏,如今就要回去。"秦琼道:"这个自然,我也不敢相留。"罗成就别秦琼,连夜回燕山去了。

当下秦琼等收兵入城,咬金问道:"罗成御弟为何不来朝见?"秦琼道:"他瞒了父亲,私自走来,恐有泄漏,已回燕山去了。"咬金道:"前日孤家去召他的诏书,难道他不奉诏么?"王勇道:"臣路上遇见他的,因此不说起。"咬金道:"这也罢了，现在败了杨林，岂不是孤家之福星。王兄你可为孤家金州去取景阳钟。秦王兄，可为孤家雷州去取龙凤鼓。"二人领旨分头而去。且说，杨林败去二百余里，收了残兵，再欲来打瓦岗。忽有圣旨到来，说海外离石湖刘雷王，起兵来反登州，令杨林回登州镇守，不可擅离。杨林无奈，只得上本，保举潼关守将魏文通，攻打瓦岗，自回登州镇守。炀帝得了本章，下旨令魏文通领本部人马，攻打瓦岗。另差大将，镇守潼关。魏文通点起十万人马，杀奔瓦岗而来，离西门五十里下寨。徐茂公得报，不与交兵，暗差齐国远、李如珪、金甲、童环、梁师徒、丁天庆，带一千人马，出东门，转总路口等候。

且说秦琼，雷州取鼓回来。远远见有人马，正在扎寨。吩咐从人，将龙凤鼓，藏在树内。自己一马冲来，大喝道："何处人马，闪开让路。"魏文通方才下寨，见有人冲营，遂上马冲出，两人交战十余合。秦琼力怯，回马就走，文通就催马赶来。却逢王勇金州取钟回来，看见魏文通追赶秦琼，忙取弓箭，开弓射去，正中魏文通咽喉。魏文通翻身落马，秦琼取了首级。那十万兵见主将被杀，慌忙退去，被齐国远等拦住去路，大叫"若投降，免诛戮"。十万大兵，皆弃刀降顺。众将收兵，齐回瓦岗。秦琼、王勇一齐缴旨，咬金见射死魏文通，又得了十万兵马，十分快活，吩咐大张御宴，饮酒贺功，轰轰烈烈。此时混世魔王可算得极一时之盛也。

飞虎将军

国韵小小说

飞虎将军

话说，唐末黄巢造反，引兵杀入长安。唐僖宗与众文武逃避西祁州，命吏部尚书程敬思往直北沙陀，宣召李克用，引兵破巢。克用善骑射，英勇无敌，生得左眼大，右眼小，黄睛碧珠，人称"独眼龙"，自号"碧眼鹕"。在沙陀召集番兵四十余万，帐下有十二太保，皆无敌之士，每出阵有三千三百三十个铁甲兵，皆穿皂衣，号为鸦兵。威名四震，中外皆知。所以唐帝委为破巢兵马大元帅，雁门关都招讨，一面调取二十八镇兵马，至河中府会齐，待克用人马到来，协同破巢。克用奉宣，引兵直向中原进发。至居延川，有一员大将，姓周名德威，字镇远，足智多谋，人称为红袍将，来营投效。是夜，克用梦见一只猛虎，胁生双翅，飞进帐来。克用惊醒，急召周德威问之。德威即袖占一课，贺曰："大吉之兆也，主收得一员大将。"次日，克用上山打围，忽遇一虎，克用慌忙搭箭，望虎便射，正中虎膀。虎负痛，跃过山涧，见有群羊，即咬一只食之。克用追至涧边，望见对岸山石上，一人睡着。克用急令从人，大声呼喊，将此人惊醒。其人跳将起来，见虎正在食羊，遂跳下石头，脱去羊皮袍，伸手舒拳，要来打虎。虎见人来，即弃羊，对面扑来。其人躲过，顺手抓住虎脚，在胁下便打。不消几拳，虎已死于地下。克用见之，大惊曰："此神将也，有此勇力。我若得此人,何愁黄巢不灭哉?昨夜之梦,必应在此人身上。"遂命大太保李嗣源绕过涧去,将其人唤至,询问名姓,其人曰:"吾名安景思,父母俱亡,现依岳父邓万户为生,终日为之牧羊。幼年曾遇异人,传授武艺,兵书战策,无所不知,可惜无人用我。"克用曰:"吾用汝,汝愿否?"景思拜于地曰:"若蒙任用,谨当效犬马之劳。"克用大喜,景思遂归家禀知岳父,然后归营。克用将打死之虎,令良工割头为盔,剥皮为袍,割肘为靴,又令铁匠打造毕掩挞、铠甲、浑铁槊,一齐赐予景思。又命选马,岂知凡马经着景思手按,即倒于地,因此并无一匹选中。周德威曰:"勇将若无良马,如何可临阵交锋?"克用曰:"西凉州曾送我一匹良马,现在何处?"嗣源曰:"在后营,用铁索系在桩上,四蹄俱用铁索绊定,人不敢近。"克用曰:"快将铁索解开,命景思自去降伏。"景思欣然,提着毕掩挞来至后营,那马朝景思大吼,扑将过来。景思侧身一躲,左手抓住鬣鬃,飞身上马,跑出营外,来回驰骋。此马竟被景思治伏,不敢倔强。克用即命景思结束披挂,立在帐前,果是英雄。克用十分欢喜,曰:"吾有十二太保,皆从我为父。内中有我亲生之子,然我皆一体看待。今着汝为十三太保,改名李存孝,号称'飞虎大将军'。"命薛铁山、贺黑虎二人为汝副将,随带飞虎军三千,为前路先锋,即日起程。存孝拜谢。

次日,到了西谷关,克用传令安营歇息。忽报辕门外有一支人马搦战。李存孝正在饮酒，闻报即将杯酒留下，飞身上马，出营大呼："来将何人？"敌人答曰："吾乃飞虎山大将安休休、薛阿坛是也。"存孝更不答话，拍马上前。二人忙来抵敌，被存孝大喝一声，格开二人兵器，擒过马来。进帐时酒尚未冷，克用大喜，二人亦服存孝之勇，情愿投降。克用即命二人为存孝帐下裨将。一日，存孝攻函谷关，守关将是黄巢手下大将郑存当、郑存惠兄弟二人。闻报克用兵至，引兵出关来敌，皆被薛阿坛所败，于是退入关中，固守不出。被薛阿坛用计，假扮采柴人混入关中，夜半在关内放起火来，内外夹攻，存当被薛阿坛所斩，存惠引败兵从东门逃走，李存孝即得了函谷关。黄巢闻之大怒，急命大将柳彦章、齐克让率一万人马来助郑存惠把守石岭关。李存孝闻知，引兵来攻。彦章大怒，要提兵下关，被克让劝住。存孝见贼兵不出，命军士日日在关前大骂。一日，彦章见直北兵皆在关前下马，卧于草地上，口中仍辱骂不休。彦章忍不住，杀下关来，克让随后接应，直北兵纷纷逃走，彦章得胜，一路赶来，不料正遇着薛阿坛。彦章与克让二人，战他不过，反被薛阿坛兵马，将二人围住。二人拼命杀出重围，想回奔关上。忽听山背后鼓声大震，左是李存孝，右是安休休，一同杀出。二人不敢抵敌，弃城而走。李存孝引兵杀过石岭关，连夜追赶败兵，正撞着贼将孟绝海，将彦章等救去。李存孝方收住兵马，迎接李克用到来，一同直向河中府，与二十八镇人马会合。连日犒赏三军，停兵不进。

汴梁节度使朱温，见克用终日饮酒，不思进兵，心中大怒，来见克用，定要即刻进兵。二人言语不合，拔刀而起，幸诸镇节度使劝住。正纷扰间，忽报黄巢驾下大将孟绝海兵到，众皆失色。朱温即曰："可请李克用先当头阵。"克用大怒曰："明日不用诸镇人马，但凭朱温在我十三太保内，选一人去战，必能擒得孟绝海。"朱温曰："孟绝海乃黄巢手下一员大将，自从黄巢起兵以来，连夺东西二京，斩将三百八十余员。我等人马虽多，皆非其敌。"克用愈怒曰："不必多言，只于十三太保中选一人去战，便见分晓。"朱温就走下帐来，只见李嗣源、李嗣招、李存勖、李存直、李存江、李存龙、李存虎、李存豹、李成受、康君利、李存信等，个个身体雄壮，杀气满面，只不见十三太保李存孝。有人指道，在城墙下倚枪杆而睡者，即十三太保飞虎将军李存孝也。朱温向前一看，见存孝身不满七尺，骨瘦如柴，不觉哈哈大笑，来见克用曰："若存孝能擒得孟绝海，吾愿将玉带输与存孝。"克用就说与存孝知道，存孝曰："吾若擒不得孟绝海，愿将首级输与朱温。"二人言定而退。次日存孝披挂上马，来至战场索战。孟绝海手下副将彭白虎，提枪出迎。李存孝曰："来将何名？"彭白虎曰："吾乃大齐王黄巢驾下前部大将军孟……"李存孝听得一个孟字，更不俟说完，撇开枪把彭白虎活捉过来，径回河中府，来见李克用，说是孟绝海已擒到了。诸镇皆大惊,尽来看视。白虎曰:"我非孟绝海,乃彭白虎也。"克用大怒,命存孝再去索战。此时正是巳时,限午牌必须拿到,存孝曰:"奈我不识孟绝海之面貌,必得识者一人同去。"华州节度使韩鉴,自称认识,遂与存孝同去。孟绝海手下班翻浪出战,韩鉴曰:"此非孟绝海。"存孝提起毕掩挝,只一下,已将班翻浪打死。孟绝海大怒,亲自出马。韩鉴曰:"那穿大红袍使偃月刀者,即孟绝海也。"存孝喜甚,跃马而前。孟绝海两手抡刀砍来,被存孝举挝一掀,架过刀,展开猿臂,将孟绝海生擒过马。孟绝海部下兵卒,皆逃过黄河,投奔葛从周去了。李存孝回至河中府,尚只午时三刻。视孟绝海七窍流血,已被夹而死。存孝问朱温索带,朱温不肯,被存孝上前一扭,将玉带折为两段。朱温恼羞成怒,即领了本部军马,反出河中府去了。

　　克用闻之大笑,即日拔队,直渡黄河,李存孝军马在北首安营,李嗣源军马在南首安营。是夜,黄巢手下大将葛从周,命邓天王假扮李存孝,来攻李嗣源营寨,杀得李嗣源大败。回见克用,说存孝变心造反。克用大怒,即命将存孝斩首。周德威曰:"此敌人之计也。存孝若反,焉肯束手就缚?"克用乃悟,命李嗣源去探虚实。嗣源来至贼营索战,巢将耿彪出迎,问存孝为何不来。嗣源曰:"已杀之矣。"彪大笑曰:"中吾计矣,昨夜扮存孝来劫营者,吾家邓天王也。"嗣源大怒,持戟拍马上前。耿彪舞刀就砍,斗上三合,耿彪取鞭在手,逼开画戟,喝声休走。嗣源躲不及,背中一鞭,吐血逃归。将耿彪言语告知克用,克用急命放了存孝。次日,存孝引兵出营,邓天王已知存孝未死,借运粮草为名,遁回华州。耿彪负勇出战,被存孝活擒过马。一手按头,一手执腿,只一扭,已将耿彪扭为两截。葛从周闻之大惊,急命张龙李虎出御,被李存孝右手起毕掩挞,将张龙打为两段。左手起浑铁槊,将李虎刺死。贼营中崔受挺枪而出,来刺存孝,被存孝逼开枪,拿过马来,摔作一块肉泥。吓得葛从周高悬免战牌,不敢出战。至第四日,葛从周从大将张权之计,布了一长蛇阵。又将四百余员战将,四十八万兵马,顺黄河西岸,接连魏南三县,由华州华阴直抵潼关,埋伏下七十二座连珠阵,来索李存孝出战。存孝带领众将出阵前一看曰:"此长蛇阵也,攻首则尾应,攻尾则首应,攻腹则首尾应,当分兵三队破之。"遂命薛铁山、贺黑虎领兵一千,攻其腹。薛阿坛、安休休领兵一千,攻其尾。亲自引兵一千,直向蛇首冲去。张权当先迎住,二人通名已毕,张权抡斧砍来,被存孝一槊打得头颅粉碎。阵中四十八员健将,见张权落马,大喊一声,一齐拍马向前,将存孝团团围住。存孝毫不惧怯,左冲右突,一霎时将四十八员健将,俱被打死。于是挥动人马,一齐冲进阵去,贼兵大乱。葛从周慌忙上马,径奔长安。李存孝随后追来,即时取了魏南三县,夺了华州、华阴,径到潼关。贼兵四十余万,尽皆溃散,尸横遍地,血流成河。存孝回顾己军，人马无多，问尚有几骑。四将曰："小卒十三人，合我等共十八人。"存孝曰："既来潼关，且杀过去再说。"于是七日七夜，径到霸陵川。肚中饥饿，就沿途巢营中夺食。葛从周逃进长安，李存孝亦追进长安，就将黄巢屯粮之永丰仓，放火焚烧。黄巢闻知大惊，急命弟黄珪乘坐龙驹浑红马，领御林军三千，来捉李存孝。其时存孝等马匹，皆因力尽而死。存孝见贼至，大呼曰："送马者至矣。"存孝上前，黄珪起叉便刺，被存孝逼开叉，将黄珪提起望火中一掷，随手牵过浑红马，飞身而上。十七人亦乱杀贼兵，各抢坐骑，一同杀至皇城五凤楼前。黄巢登城来看，被存孝一箭，正射中平天冠，向后而倒。存孝以为黄巢已死，反身杀出长安。城门外有二将，一名李罕芝，一名傅存审，来阻存孝，被存孝浑铁槊一击，二人之铁棒，皆脱手飞于地上。二人大惊，急急下马请降。存孝许之，其部下三千军马，亦归存孝带领不提。

　　此时克用闻知存孝杀上长安，急尽起大军，直抵霸陵川，存孝回见，禀知沿路情形。克用大喜，即令摆宴赏功。正饮间忽见中军帅字大旗，无风自动，周德威袖占一课。叹曰："黄巢合败矣。"占得黄巢今夜将尽起大军来劫我营，我军可四面埋伏以待之。到了夜间，黄巢果亲统十万军马，带领葛从周等数十员大将来劫营，杀进中军，乃是一座空营。黄巢大惊，知是中计。但听得连珠炮响，周德威引军四面杀来,将巢军团团围住,鼓声大震,火把齐明,杀得巢军四处奔逃。葛从周保住黄巢,杀出重围,策马投南而走。不料李克用领兵杀出,黄巢一见李克用,吓得魂不附体。北路李嗣源、李嗣招,东路各镇节度使均领兵杀来。不得已向西逃去,又遇着康君利、李存信拦住去路,从周与黄巢力战得脱,杀出霸陵川,直奔长安大道。路中巢谓众将曰:"幸喜得不曾遇着飞虎将军。"诸将皆曰:"此乃天佑,若存孝一至,我等性命皆不保矣。"言犹未毕,一声炮响,草坡中闪出一对飞虎旗来。葛从周等十余员大将,一见是李存孝旗号,吓得四散而逃。黄巢逃上太行山,山上大将韩忠来拒存孝,举巨斧直向存孝头上劈来。存孝大怒,挑开巨斧,将韩忠捉住,向山石一摔,成为肉泥。赶到山上,见黄巢已自刎而死,存孝取下巢之首级,回见克用。克用大喜,即命存孝与程敬思迎接唐帝回京。

　　当下程敬思将存孝功劳奏知。唐帝见存孝瘦小,心中不信。一路行来,忽有黄巢族兄黄豹、黄虎,引兵拦住去路。唐帝大惊。程敬思奏曰:"可命存孝剿贼。"唐帝准奏,即命存孝出马。存孝奉旨,拍马向前。黄豹抡刀直取存孝,被存孝一挝,死于马下。黄虎来迎,亦被一槊打死。贼将五十余员,蜂拥而上,存孝舞挝动槊,连死了二十八将。余将见战不过,回马奔逃,军卒亦俱星散。帝在车上,见之大喜,即召存孝至,封为大唐护国勇南公之职,存孝谢恩而退。唐帝回京，封李克用为晋王，命镇太原，其余诸将士皆有封赏。晋王遂与李存孝分兵两路，巡视河南河北。存孝巡视河北，所过秋毫无犯。行至寿章县淤泥河，其地有一人，姓王名彦章，手使一支浑铁枪，号称无敌将，又名王铁枪。闻飞虎将军之名，心中不服，提枪来阻。存孝问曰："汝枪有多重？"彦章曰："一百二十斤。"存孝大笑曰："一百二十斤，安足以当无敌之名？"彦章大怒，一枪刺来，被存孝一把接住。彦章用尽平生之力来夺，好似蜻蜓撼石柱一般，被存孝一拖，将彦章连人带枪，甩于淤泥河中。彦章爬上岸，再提枪来刺。存孝一槊打去，彦章将铁枪来格，格得那铁枪弯曲如弓一样。存孝大笑而去，彦章抱枪痛哭曰："不料数十年威名，乃丧于孺子之手。我当从此隐居，若存孝一日不死，吾即一日不出。"后至存孝死后，彦章方出，果然无人能敌，方信王无敌名不虚传，胜之者惟李存孝一人而已，此是后话不提。

却说李存孝来至汴梁，正遇晋王大败而逃。原来晋王不听周德威之言，应朱温之请，径至汴梁，遂中朱温之计。幸得程敬思、史敬思力救得脱，逃至上源驿，又被朱温火攻，程敬思死于火中，史敬思力战，枪挑名将一十四员，身受重创，被朱温乱箭射死。晋王匹马逃生，朱温不舍，紧紧追赶，却遇着存孝到来。朱温一见飞虎旗号，吓得忘命逃回，存孝保晋王至太原，休息军马。一日，忽报邠州差将谢豹至，晋王召入问之，乃因朱温围困邠州，同台危在旦夕，故守将柳彦真修书求救。晋王曰："我正欲讨灭,今当先解同台之围。"于是下令命李存孝、薛阿坛,选精兵二万,亲自去救同台。朱温见旗号知是存孝,不敢抵敌,解围退归汴梁。彦真迎接晋王进关,犒赏三军。数日后,忽报河中王重荣、华州韩鉴、曹州曹顺、兖州周顺、鄂州赫连铎,中朱温激反之计,引兵来攻。晋王闻报大惊,李存孝曰："今夜愿以十八骑挫其锋。"晋王曰："五侯兵马利害,不可小觑。"存孝不听。是夜与安休休等十八骑,杀入五侯营中,左冲右突,如入无人之境,杀死敌军无数,方回城来见晋王。点验一十八骑,不少一人。次日五侯引兵来攻,存孝提毕掩挞纵马出阵。见对阵门旗开处二十八员猛将一齐涌出,被存孝舞动毕掩挞,不移时,力诛一十五将,余军惊散。次日邓天王提戟来索存孝出战,存孝拖挞出迎,邓天王奋勇直取,不数合,被存孝活捉过马。晋王见了大喜,就马上赐酒三杯。存孝饮毕下马,将天王放下,晋王即命就阵前斩之。存孝忽然口吐鲜血,倒于地上,不省人事。左右唤醒,抬回营中。原来存孝连日力战乏力,又饮了三杯冷酒,一经卸甲,遂中风疾,所以如此。晋王忙唤医生调治,终不见痊。次日五侯调来大将高思继,引兵直至邠州城下。高思继乃赫连铎部下之将,文武皆能。背插二十四口飞刀,百步杀人,百发百中。使一条浑铁点钢枪,有万夫不当之勇。晋王手下,十二太保与薛阿坛、安休休等,轮流出战,连败七十二阵。存孝病卧帐中,晋王秘不使知。一日存孝闻杀声大震,再三问左右从人,从人不得已告之。存孝大怒,一跃而起,披挂上马,提了毕掩挞,径出城来会高思继。二人大战十合,被存孝逼开浑铁枪,将高思继生擒回城,五侯大惊,急急引兵退回。晋王喜甚,从此厚待存孝,更与他人不同。十二太保中康君利、李存信,素来妒忌存孝,一日乘晋王大醉,来见存孝曰:"晋王命汝改悬安景思旗号。"存孝不从,君利曰:"晋王有命,不从即杀。"存孝不知是计,即命人除去李存孝旗,改悬安景思旗。大太保李嗣源见之,大惊,来告晋王曰:"存孝反矣。"晋王命人往视,回报存孝营中尽换安字旗。晋王大怒,即命杀之。康君利等大喜,立刻传晋王命。将五牛拽杀存孝,存孝用力一扯,五牛反为所拽,存孝大笑曰:"欲杀吾,必先断吾腿臂之筋。"存信即命断之,于是一声大叱,五牛用力,将一位飞虎将军拽为五块。迨至晋王酒醒,悔已不及,只得将康君利、李存信斩首以泄恨。后来王彦章杀来,无人抵敌,晋王为之气死,临死时尚呼飞虎将军李存孝不止,惜乎起死无术矣。

五龙阵

国韵小小说

五龙阵

却说五代的时候,干戈扰攘,盗贼蜂起。此时人民东逃西窜,哪里有一处可以安生?真是鬼哭神嚎,天愁地泣。这是天生劫数,应该如此。纵有那几个英雄豪杰,也就随他们这几个贼子叛臣,弄得国亡家破。只可怜那一班士卒,随着那东讨西征,也不知是生是死。为着一个人的荣辱,轻送去百万生灵,你道可惨不可惨呢。

话说当日朱温,自弑了唐昭帝,改号大梁,建都于汴梁。原来这朱温本是唐朝的一个节度使,为人虽有些武艺,却奸诈异常,久存不轨之心。后来又遇着多少谋臣勇士,所以就弑死昭帝,自立为大梁太祖皇帝。当时唐室中尚有多少王子王孙,拥兵关外,见祖上遗传下来二百余年的天下,一旦丧于贼子之手。就有昭宗之叔,晋王李克用,首先倡义,率领百万番兵,一千名将,会合了关外二十七镇诸侯,为昭宗报仇,来讨朱温。

当下朱温闻晋王带兵前来,也就派兵抵敌。两军对垒于鸡宝山下,连败晋王数十仗。不料晋王竟被气死,一时军中无主。于是各诸侯拥潞州王晋王之弟李杰为盟主,权掌帅印,号令三军。但此时晋王所率的一千名将,百万番兵,已被梁兵杀去大半。剩下来的,无非是些残兵败将。潞王虽掌帅印,怎抵敌得住梁兵的骁勇、梁将的英雄，不免日夜忧愁，只得深沟高垒，等他处救兵来到，再行出战。

究竟这梁将何人，有何本领？原来朱温当日，听见晋王攻打鸡宝山时，随即坐朝问有何人前往。当下早有马步禁军都元帅王彦章，应声道："微臣愿往。"梁王大喜，随即加封为天下兵马正征讨，率领马步兵十万，前来御敌。这王彦章乃河南寿章人氏，生得身高一丈，膀阔三倍，勇力过人，英雄无敌，善使一支浑铁枪，上阵交锋，无人是他的敌手，以是人又叫他作铁枪王王彦章。可怜这晋王部下的雄兵猛将，活活的都送在他这支枪上，真是军士有涂炭之苦，百姓有倒悬之忧，惨不忍言的了。

却说，潞王自掌帅印之后，终日忧愁，无计可施。一日正在商议，忽见晋王的世子大太保李嗣源禀道："现在想得一处兵马，可以借来，不知叔父以为何如？"潞王道："有何处兵马可借，可速说来。"嗣源道："直北大潼叔父李友金处，当有精兵良将，可以借得。"潞王道："吾非不知，只愁没有上将，可以敌得住彦章，为之奈何。"嗣源道："吾兵终日困守此处，也非长久之计。与其坐困，不如去走一遭。或有上将，也未可知。"潞王道："汝言甚是，可即从速前去。如果有上将带同兵来，恢复了吾大唐天下，也不枉汝此一番辛苦。"嗣源奉了潞王之命，不敢迟延，便乘了一匹千里马，星夜直奔直北大潼而来。见了叔父李友金，说明来意。友金闻晋王气死，不免大恸，随即集齐诸将，说道："现因唐营被大梁杀败，前来请救，不知哪位将军肯去？"言未毕，早见一小将应声答道："微臣愿往。"友金视之，乃大唐白袍将军史敬思之子史建瑭是也，原是友金帐下一员名将，生得身长不满六尺，面如敷粉，唇若涂朱。此时年方一十四岁，家传兵法，英勇过人，六韬三略，般般皆精，兼通天文，并知算数。强将还生强将子，这句话真是丝毫不错的。

当日李友金见史建瑭肯领兵前去，遂加封建瑭为大潼总戎官之职，命率领八员将官，二万士卒，星夜与嗣源奔赴唐营。是日建瑭到了唐营左近，预先将二万人马，另扎一个小寨。安顿已毕，亲自与李嗣源来见潞王。潞王见是一个童子，不免有些轻视之心。此时正值王彦章叫战，当下潞王道："现在铁枪贼王彦章在外叫战，小将敢出一征么？"建瑭道："大王切勿小觑了我，有何不敢出征！不斩彦章之头，来献麾下，大王也不知道小将的英雄。"随唤同来八将道："尔等可先引兵二千，埋伏两旁。若见梁将败逃，须各奋勇兜捉。有放走者，即以此箭为例。"随即拔箭在手，折为两段。八将领了命令，前去埋伏。却说，王彦章正在叫战，忽见唐营中冲出一员小将，不觉哈哈笑道："你看这唐兵被我杀得一员大将都没有了，此时叫一个童子，也出来接战，真是好笑。"正在得意之时，不想对面小将，早已一马当先，厉声喝道："来将莫非铁枪贼？你死到临头，尚不自知，还笑什么！"

彦章登时大怒，也就拍马出来，两将交锋，更不打话。王彦章先犹轻视这小将，及战到十余合之外，料难取胜，心下大惊道："不想这小将有这等厉害，枪法娴熟，英勇无匹，但不知他姓甚名谁，却是我的敌手，须用回马枪挑他，方能得胜。"便将马一拍，早跳出圈外去了。史建瑭与王彦章战了十余合，忽见彦章拍马逃走，知是有诈，便将马勒住，也不追赶。此时彦章见了便道："你这小童为何不赶？"建瑭道："你这逆贼，还想在我面前用这些诡计么？"

原来彦章因不能胜得建瑭，便想诈逃，待其追来时，乘其不备，掉转马头刺之，百发百中。不想被建瑭识破，心下着惊，想这童子真个厉害。既有如此本领，又有如此见识，必系名将无疑，随即问道："你这小将姓甚名谁？"建瑭答道："铁枪贼听着。我乃大唐白袍将军史敬思之子，直北大潼总戎官史建瑭是也。教你知我姓名，早早下马受死。"彦章闻知，系白袍将军之子，本不敢轻战。却又被建瑭激骂一番，忍不住心头起火，鼻内生烟，拍马挺枪，飞奔而至。建瑭接住交战，直杀得天昏地暗，喊杀连天，金鼓齐鸣，枪刀相架，真是一场好杀。二人战到百余合，建瑭卖了个破绽，彦章以为建瑭枪法已乱，正想一枪刺来，不料建瑭早已闪过，取鞭在手，顺手一鞭正中彦章。只听得彦章"哎哟"一声，拍马落荒而走。建瑭随即挥动军旗，两旁埋伏之兵齐出，彦章见有伏兵，更吓得魂不附体。幸建瑭手下八将中有名张夷者，也有些轻视建瑭之意,便不甚出力,以此被彦章逃得性命,奔回本营。当下史建瑭追来,知彦章业已逃脱,不觉大怒,喝道:"这铁枪贼究系何人放走?"诸将皆道:"系张夷将军放走。"建瑭便问张夷道:"将军何故放这铁枪贼逃生?"张夷道:"小将战他不过,被他逃了,哪有什么缘故。"建瑭道:"将军知军令么?自古道,军令大如君命。将军哪里是战不过,明明欺我年轻,以此玩法。"遂将脸色沉下,喝道:"本总兵言出法随,不道将军竟敢以身尝试,若不将将军处斩,何以警戒其余!"挥令左右,推出斩之。诸将代求,也自枉然,遂斩张夷于阵前。从此各将,无不谨遵军令。潞王见史建瑭鞭中王彦章,被张夷放走,又斩了张夷,知建瑭果系名将之子,军令森严,名不虚传。那一片轻视之心,早已付诸流水。各镇诸侯,亦无不深为敬服。从此大小之军,均悉遵建瑭号令,暂且按下不表。

却说,王彦章被建瑭败了一阵,坐在帐中,想道:"不想我这等英雄,今日却败在一个小童手下,怎不气死我也!"随查带来兵马,这一战已死大半。急忙写了表文,差一员大将,姓傅名道招,往汴梁告急。此事又被建瑭探知,预先吩咐了七将,于入大梁要道左右伺候,以此道招又被七将捉住杀死,彦章还自不知,所以后来始终没有救兵,前来相助。当日建瑭既败了彦章一阵,又杀死彦章告急的差官,便逐日出来叫战。只见梁营深沟高垒,紧守鸡宝山关寨,按兵不动,无法可施。遂与潞王商议道:"现在彦章紧守关寨,阻住吾兵,不能前进。若不以计擒了此人,如何破得大梁?"潞王道:"不知将军有何妙计?"建瑭道:"计便有个,却是尚少二人,难以成功。"正在商议之际,忽见探子报道:"离此十里外,现有一支兵马,尽打红旗,飞奔而来,乞大王钧旨。"潞王道:"待孤王亲自来看,便知底细。"同了建瑭并骑出营,但见尘头起处,早有一支人马,风卷云送地到了面前。为首的恰是二员大将,威风凛凛,气概昂昂。当时到了营前,建瑭便一马当先问道:"来将何人,快快通下名来。"一将答道:"吾乃同台节度使郭彦威是也,这将便是河西节度使石敬瑭是也。今因梁王弑君犯上,扰乱天下。闻得潞王,统兵在此声讨。某等不才,愿效微劳,不知潞王肯收纳否?烦请将军通报一声。"建瑭道:"难得将军忠勇,肯来投效,岂有不收之理。"随即引见了潞王,说知来意。潞王大喜,加封二人为都指挥之职,留在帐前,听候调用。话言未了,又有一支人马报到。这人乃山东郑州人氏,姓高名行周,年方一十三岁,颇习武艺,因王彦章曾杀死他的父亲,故此投来相助,借报私仇。此时建瑭见陡添三人,即于夜半,仰观天象,知已凑足五龙之数,心下自是欢喜。又见西北上有一将星摇摇欲坠,正应在王彦章身上。便乘着月色,步出荒郊。不想走了三十余里,只见四下草木甚深,行人罕至。两旁高山,直接霄汉。山下一谷,奔流瀑布,极其险要。心中想道:"吾若于此布成阵势,教人引彦章到此,那时还怕他逃脱了么。"此时天色已明,正待回营,只见一个樵夫荷锄而至。建瑭问了樵夫地名,原来这谷便叫狗家疃人头谷。当时回到营内,便与潞王商议进兵之策,建瑭道:"现有一计在此,愿大王采纳。"潞王道:"将军神算,有何妙计?"建瑭道:"今臣仰观天象,俯察地理,大梁之亡,只在朝暮。但欲灭大梁,必先除了彦章,然后我兵长驱直入,方无障碍。"潞王道:"今彦章深沟高垒,如何除得?"建瑭道:"大王勿忧,明日我兵可诈退十里,教三军布散谣言,言臣被大王气走。此信如传入梁营,彦章必然出战,然后命人诱之,许败不许胜,诱到三十里外人头谷地方。就于此地预先按五方五色阴阳八卦之数,布成阵势,用那五员大将,轮流挑战,然后臣于中央杀出,则彦章可擒矣。"潞王大喜,一面命建瑭遣兵布将,一面命军士散传谣言,诈退十里。

当日彦章自发了告急文书去后,迄今不见有救兵到来,心下正自疑惑。忽见小校报道:"唐兵已退去十里,挑掘沟濠,有似防敌光景,不知何故。"话尚未了,又见一小校报道:"现闻唐营中那个小将,与潞王不合,已负气走了。潞王害怕元帅杀入,故此退去十里,挑挖深沟,防元帅出战。"彦章本是有勇无谋之夫,听了大喜,随即亲来营前观看,果然唐兵纷纷退去,不觉勇气大增,又想率兵攻打。到了次日,彦章便率了人马直奔唐营叫战,叫了多时,始见唐营中冲出一员小将,不免吃惊,以为还是建瑭。定睛一看,恰又换了一个。你道这小将是谁?就是先前说的那个高行周,彼时行周出马,也不打话,便举刀直砍彦章。彦章接战,不上数合,行周败下。彦章不舍,随后追赶。行周便一面战一面退,早退到人头谷中。彦章追入人头谷,忽不见了行周,心下大惊,急待拨马逃走。早听一声炮响,四面伏兵齐出,彦章知是中计,即往东方杀出。只见东方阵上,当先一员大将,头戴青盔青甲,身穿青色战袍,面前一面青色大旗,手执三股钢叉,十分勇猛,按着东方甲乙之数,布成青龙阵势。彦章与战,不及数合,知难取胜,便拨马往南方去了。

彦章正往南方逃去,不想南方早已布成赤龙阵势。按着南方丙丁之数,红旗下也有一员大将,威风凛凛,杀气腾腾,头上盔甲鲜红,身上鱼鳞红甲,坐下一匹名马,也全是红的,手执开山大斧,见了彦章,便一马当先,直涌出来。斗了数合,彦章不能取胜,又自逃往西方去了。

彦章逃到西方,便想忘命奔走。尚未跑得多远,又是一将冲出,按着西方庚辛之数,布成玄龙阵势。头戴铁盔铁甲,身穿铁色战袍,手提两支竹节钢鞭,早自黑色旗下冲出,举起钢鞭,直取彦章。那一种威武,真是令人可怕。彦章不敢恋战,又逃向北方去了。

这正北上也是一员大将,按着北方壬癸之数,布成白龙阵势。穿着白盔白甲,手执光灼灼的两柄钢刀,见彦章来到,也直向彦章砍来,彦章急往中央逃走。

那中央阵上,却按着中央戊己之数,布成黄龙阵势。有一员大将,头上戴着黄盔黄甲,身下乘着蜚龙宝马,手执一柄金刀,将黄旗飘展,把彦章困在当中。四阵周围接应,彦章看看手下的人马,早已被唐兵杀尽,只剩得单身一骑,力敌五将。又听得一声号炮,如山崩地裂,回头一望,只见先前诱战的那员小将,从山坳中飞奔而至,大喝道:"你这铁枪贼还不早早下马受缚。吾家大王与建瑭将军,在山岗看得不耐烦了,命我前来捉你。"说时迟,那时快。随手一鞭,正打中彦章左臂。彦章还自挣扎,怎禁得六员大将齐来,遂被众军砍死。其时史建瑭在岗上看见,遂传令三军乘胜抢入鸡宝山寨。一声号令,三军无不奋力争先,抢入关寨中来。到得关中,已是黄昏时候。这且按下不提。

你道这五方五阵,恰是从何而来?这便不用说,自然是建瑭所调遣的。本来唐营中原有三员大将,后来都有天子之分。一个就是晋王嫡子李存勖,一个也是晋王之子李嗣源,这二人俱是后唐的二帝。一个便是潞王部下一员大将,姓刘名智远,后来就是后汉的皇帝。当日建瑭欲布此阵时,要有五员大将,五个真龙,所以说尚少二人。不想便来了石敬瑭、郭彦威两个节度使,敬瑭后来就做了后晋的高宗皇帝,彦威后来就做了后周的高祖皇帝。当时凑成五龙之数。建瑭遂按了五方五色,将这五个真龙,布成五龙阵。便命高行周诱战，许败不许胜，遂将彦章赚入阵中。当彦章追入阵来之时，何以不见行周，后来又为什么出来？原来行周到得山谷之中，早向草木深处折入山腰，到山岗缴令去了。后来建瑭见五位大将，虽将彦章困在当中，不能胜得彦章。心下又知这五位将官，后来俱有天子之分，万一不慎，自己调兵不当，触犯天怒。故此仍命行周出战，遂将彦章杀死。却说建瑭除了彦章，抢了鸡宝山寨。次日与潞王率了三军，长驱直入大梁，一路上旌旗招展，金鼓喧鸣。远近守将，望风投降者，不计其数，还有何人敢来抗阻呢？大兵到了汴梁地方，守城官慌忙入朝启奏道："今唐兵破了鸡宝山，杀死元帅王彦章。现在大兵已到，将城团团围住，如何是好，乞圣旨定夺。"此时朱温已死，传位于其子友从。闻奏后，吓得魂不附体，忙聚集在朝文武，及宗族长幼，相商抵御之策。只见人人都默默无言，掩面而泣。宰相敬翔哭奏道："臣受先帝厚恩，不忍视社稷灭亡，请先赐一死，以谢先帝。"遂与帝相抱大哭，自缢而死。不数日城池被唐兵攻破，梁帝为唐乱兵所杀。至此大梁遂灭，后唐代兴。当下唐室诸王，以李存勖为晋王嫡子，即共立为帝庙号后唐庄宗，大赦天下，赏赐功臣，从此建瑭遂为上将军。诸君知道这十四岁的一个童子，就有如此本领，真是天生奇才，自是不凡的。但是这一番大乱，天下人民，又不知死去多少。浩劫如此，亦只可归诸天数了。

大破洛阳城

话说后唐废帝即位之后,因宠一美人张氏,封作皇后。昏庸无主,寡断少谋,便弄得边塞不靖,夷狄出没无常。一日设朝,与众臣商议备御之策。当有丞相冯道出班奏道:"自古以三关为边疆要镇,陛下如欲备御,须择一员上将,领兵镇守此处,方可抵御胡虏,边塞安宁。"废帝道:"卿言甚是,不知何人可以去得?"冯道道:"臣看驸马石敬瑭,智勇兼全,可当此任。"废帝准奏,随封敬瑭为大军都卫副使,领五万人马前去镇守。这敬瑭本是后唐明宗之婿,明宗女永宁公主之夫,与废帝系属郎舅。当日奉了废帝旨意,遂于教场点齐五万人马,飞奔三关而来。自此敬瑭镇守三关,威震夷狄,边塞安宁无事。

却说永宁公主自夫别去之后,光阴如箭,早已三年,意欲与夫一面,因即启奏废帝。不想正值废帝酒后,偏听了皇后张氏之言,皂白未分,即将公主贬入冷宫监禁。可怜一个金枝玉叶,无辜受这般谗害,凄凉苦楚,真是惨不忍言。后经宰相冯道闻知,遂在帝前,竭力保释,以此公主方得还归故宫。终不得与夫一面,只在宫中自嗟自叹:"欲想亲到三关,怎奈废帝不准。若即久居在此,又是虎口余生,难以保全性命。一朝再被奸后中伤,又无人保得安全。石郎远在边关,连一个信息也不得知。哪里还能救我,我岂不枉送性命么。"思想至此，不禁大哭。当日公主左思右想，无计可施。除非逃向三关，断不得脱这牢笼。又念自己系一女流，怎能行得千里长途，转一念道："吾既欲保全性命，也是顾不得的了。"主意已定，忙修书一封，差一心腹之人，星夜奔向三关，报知石郎，使石郎半路来接。随后自己与一心腹宫女名叫翠娥，商议逃走之策。翠娥道："公主金枝玉叶之人，如何吃得风尘之苦。依婢愚见，莫如先设一计，奏明昏君，方为万全。"公主亦以为然。

却说石敬瑭正在操练兵卒之时，忽见左右报道，现有公主差官，言为公主下书前来，在营外伺候。敬瑭传命进见，差官入见毕，将公主之书呈上。敬瑭不看犹可，这一看，气得怒发冲冠，恨恨不已，大声喝道："我不斩这昏君贱妇，誓不为人。"便欲起兵，反入长安。有手下将官刘知远、桑维翰、赵莹等谏道："不可，今公主尚未到此。不知公主已否逃出，倘然仍在京城。皇帝知将军已反，害死公主，如之奈何？即使公主业已逃出，宫中未有不知，宫中知道公主逃走，必然起兵追赶。在末将等看来，莫若先派一员大将，赶速迎接公主为是。"石敬瑭道："将军之言有理。"随即传问两旁众将，何人敢领兵前去？话言未了，赵莹早已答道："末将愿往。"敬瑭大喜，遂拨了一千人马，命赵莹前往，迎接公主去了。

却说公主自打发差官去后，一日思得一计，假称往城外观音庵了愿，诳奏废帝。废帝本来昏愚，如何知道是计，此时又是中国佛教极盛之期,无论王公卿相,也是不敢轻犯的。以此废帝准奏,公主得逃出京城,只带了宫女翠娥一人,恰乘一翠辇,出得城来,星夜趱行,直奔三关。一日正走之间,不想后面来了一支兵马。当先两员大将,不是别人,乃是废帝手下的两员将官,一名梁刚,一名伍亮。公主知道事败,忙即下辇,命从人先行,自己就预备抵敌。原来公主自幼学得一身武艺,虽不能算得盖世英雄,却也是个女中豪杰。此时见二将追来,便拔出随身宝剑,厉声喝道:"将军等不在朝廷供职,来此何为,莫非反耶?"二将素知公主厉害,慌忙滚下马来,俯伏在地,禀道:"末将等焉敢造反,只因皇上见公主两日不归,恐公主于路有失,特遣末将等前来迎接公主返宫。"公主道:"我若不返宫,将军又待如何?"二将道:"这听公主自便。"公主道:"既听我便,我便去了。"公主吩咐了二将,仍旧乘辇趱行。尚未行得多远,又见后面有兵追来,为首又添了二员大将。这二将一名慕容迁,一名朱宏晦,也是废帝手下的人。原来废帝见公主去了两日,不见回来,心下颇为惊疑,深恐逃向三关。故此敕命梁刚、伍亮二将追赶,又恐二将不是公主敌手,随后又差了慕容迁、朱宏晦二将,敕赐尚方宝剑。领兵追来,只要取公主首级。此时四将会合,不敢怠慢,急忙赶来。公主见追兵又到,料难脱身,必须杀退追兵,方能得脱。仍旧拔剑下辇,预备厮杀。四将追到公主面前,公主道:"将军等何以又来?"四将答道:

"务请公主返宫。"公主道:"要我返宫,万万不能。"四将道:"公主一定不返宫,莫怪末将等无礼。末将等奉陛下特旨,钦赐尚方宝剑,命取公主首级。"公主大怒,喝道:"逆贼不得无礼。"忙即挥动宝剑,力敌四将。公主虽然英勇,恰只能杀个对手。四面唐兵,层层围住。此时公主困在垓心,正在危急之际,只见东南角上早有一支生力军杀入,为首一员大将,手执开山大斧,飞马而至,杀败四将,救出公主。你道这支兵从何处而来?就是石敬瑭派来迎接公主的大将赵莹是也。

当下赵莹救了公主,公主问明来历,知是石郎派来救兵,心中大喜,随即上了宝辇,依旧向三关进发,一日到了三关,敬瑭就派人接进,当下夫妇相见,不免悲喜交加。公主哭诉了冷宫之事,敬瑭安慰了一番,决意反入京师,杀那昏君贼妇,替公主雪恨。次日天明,便点齐十万人马,以赵莹为先锋,刘知远为副将,水陆并进,声势浩大,直杀奔洛阳而来。一日兵到潼关,关将张雄、韩虎,闻得此信,知敬瑭大兵已到。韩虎便即披挂上马,来与敬瑭交战,未及三合,被敬瑭一枪刺死马下。张雄见势不敌,忙即退入关中紧守。一面差人星夜前往洛阳告急去了。

却说废帝自遣了四将往追公主不得,正在忧愁无法之时,忽有黄门官入奏道:"现在驸马已反,大兵已到潼关。关将韩虎战死,潼关危在旦夕。有张雄告急文书,请旨定断。"

废帝闻奏，这一惊非同小可，急问左右大臣道："敬瑭反入洛阳，何以退之？"众将默然，忽一少年将军突然而出道："微臣愿领兵前去，活擒敬瑭，来献陛下。"废帝视之，乃上将高思继之子高行周是也。废帝道："奈尔年幼，必得一人副之，方可前往。"言未毕，又有一将应道："臣愿同往。"视之乃绍陵人，姓郝名守敬，也是一个名将。废帝大喜，即封高行周为行兵总管，郝守敬为副总管，领兵五万，前往潼关接应。当日敬瑭自刺死韩虎，便乘胜攻关，张雄支持不住，乃弃关而逃。敬瑭得了潼关，随挥大军直向长安进发。一日刚到武陵界口，正值高行周等人马已到，两军相遇，排开阵势。只见高行周头戴银盔，身穿铁甲，使一柄飞叉。英雄盖世，勇冠三军，此时年才一十六岁，早已一马当先，厉声骂道："你这逆贼，朝廷何负于汝，竟敢叛反？"敬瑭道："今因昏君听信谗言，残害骨肉，吾今与仁义之师，为民除害。你这黄口乳童，也敢阻我大兵？"行周道："你这逆贼，不要在我面前花言巧语，敢放过马来与我战个三合吗？"敬瑭大怒，正要拍马来战，早有一员大将冲出阵来，大呼道："将军不要出马，待末将擒此贼来。"你道这人是谁，如何打扮？乃先锋赵莹是也，手执开山大斧，盔甲鲜明，英勇无比，飞马奔来，直取行周。两马相交，直杀到黄昏时候，足足战了二三百合。只因天色已晚，遂各鸣金收军。

次日高行周又引兵来搦战。这边刘知远出马接战，二人战了五十余合,胜负不分。赵莹见知远不能取胜,急举动兵器,前来助战。唐将郝守敬看见,也便拍马挥刀来迎,未及数合,被赵莹砍于马下。唐将李超见砍死守敬,愈加愤怒,踏马奔来,直取赵莹,又被赵莹斧砍落马。行周见连折二将,大吃一惊,枪法已乱,遂不敢恋战,虚闪一枪,拨转马头,落荒而逃,这边敬瑭也就鸣金收军。行周逃回营中,因连损二将,心中闷闷不乐。忽见小校进帐报道,刘知远又在营前骂战。行周听了大怒:"吾今不斩此贼,誓不回营。"随即披挂上马,挺枪而出。两马相交,也不答话,两下双战起来了。只见那二员上将,一对英雄,各拿出全身武艺,枪来刀架,刀去枪迎。起先犹看见两人两马,到得后来,连人马都看不清了。但见一枪一刀,在那战场中左旋右转,这一场大杀,直杀得天昏地暗,日月无光,两边将士也都看得呆了。知远见不能取胜,心生一计,便虚晃一刀,诈败下来。行周到底年轻,不知是计,急忙追下。知远看看将近,掉马回头,用力一刀,将行周砍为两段。石敬瑭鞭梢一指,大队人马,一齐掩杀过去,直杀得尸横遍野,血流成河。敬瑭之兵,大获全胜。唐兵溃乱,各自逃生。次日传令催军前进,直抵洛阳城下,将城围得水泄不通。满城军民,心寒胆裂,并无一将出战,日夜惊惶,号哭之声,震天动地。废帝急聚文武诸臣商议道:"如今石敬瑭之兵,已抵城下。不知诸文武中,有何妙计,可以退得,以分朕之忧也?"承相冯道奏道:"陛下当初听信张娘娘之言，致生此祸，今朝中哪个是敬瑭敌手？为今之计，莫如遣人求和，重赐金帛，縻以厚爵，或可解得今日之围。"帝一时无计可施，只得依冯道之言办去。

当下废帝听了冯道之言，随差吏部尚书李安祥，奉敕旨一道，金银丝帛各十车，出城来到敬瑭营外伺候。小校报入帐中道："现有朝廷差官，来在营外，说有话面禀将军，请将军命令。"石敬瑭道："令他进见。"小校传出，安祥遵命入帐，与敬瑭见礼毕，徐徐对敬瑭道："主公闻驸马兵到，差下官赍敕旨一道，愿与驸马讲和。将河东一带地方，封与驸马。外有金银丝帛各十车，留为劳军之用。望驸马念先君之情，罢息干戈，以免生灵涂炭，不知驸马肯容纳否？"敬瑭道："主上不念骨肉之情，听信张后之言，囚禁公主，昏暴已极。今却教本爵念先君之情，休兵息马。也罢，只须将张后献出，明正其罪，万事全休。如若不然，那时杀进城中，寸草也不留一点。看他昏君贱妇，还可逃得生？"安祥听罢，不敢再言，勉强答道："容某入城商议。"遂辞别敬瑭，回城复命去了。安祥进了皇城，来见废帝，将敬瑭之言，一一奏知。废帝大惊失色，乃道："敬瑭如此强硬，不肯退兵，如之奈何？"忽阶前闪出一人奏道："主公勿忧，臣愿领兵出马，生擒敬瑭，来献陛下。"废帝视之，乃国舅张龙是也。废帝道："卿若擒得石敬瑭，朕即以卿袭其职。"随赐张龙御林军十万，名将二员。这二员名将，都有万夫不当之勇，韬略精通，武艺娴熟，一名李俊，一名常继忠。三人领了废帝旨意，忙即披挂上马，在教场点齐十万雄兵，奔出皇城而去。此时石敬瑭见城中冲出一支兵来，为首三员大将，知道不妙，便匹马当先，大声喝道："来将莫非送张娘娘来么？"张龙怒道："吾乃国舅张龙是也，你这匹夫，不得无礼。"便举大刀直砍敬瑭，敬瑭就举枪相架，战了十余合，李俊、常继忠见张龙枪法已乱，二人便拍马齐出相助，这边刘知远、赵莹也就出马接战。三对英雄，杀在一团。二十四个马蹄，左旋右转。真个是英雄名将，好看煞人。各战到五十余合，张龙渐渐不能抵敌，被敬瑭一枪刺于马下，李俊、常继忠二人也俱被杀死。唐兵见主将俱亡，各逃性命，奔入城中紧守。

　　当下废帝得信，吓得魂不附体。诸大臣也只默默相视，无可如何。忽又见守城军士来报道："敬瑭人马攻城甚急，声声只要张娘娘出来，万事都休。如若不然，城破之日，玉石俱焚，乞陛下御旨。"废帝惊得目瞪口呆，哭回后宫去了。张后见废帝哭入宫中，忙跪下哭泣奏道："陛下为何如此？妾闻驸马声声只要妾出去，万事全休，陛下何不将妾送出，以保社稷。"废帝道："御妻何出此言？朕与御妻宁可同死一处，怎忍将御妻送出。"张后大哭道："陛下不肯将妾送出，妾今思得一计，可保万全，不知陛下肯采纳否？"废帝道："卿如有计，可速奏来。"张后遂如此如此、这般这般地说了一遍。帝大喜，随即设朝与众臣商议，差人赍旨前往。

却说敬瑭日夜率兵攻城不下。正在忧虑之时，忽见一小校入帐道："今又有朝廷差官，赍旨前来，乞将军钧旨。"敬瑭道："可即传入。"差官入见，礼毕，差官道："陛下知将军领兵到此，只要张后，现在已允照办。只因昨夜张后忽生太子，若使即时送出，恐有污将军。特遣小臣前来，求将军宽限七日。如蒙允诺，乞暂退兵五里，不知将军肯否？"当下敬瑭听了差官之言，信以为真，遂传令退兵五里，安下营寨。差官见敬瑭已准，即忙辞别入朝复旨。原来这就是张后所设之计，一面赚敬瑭暂退，一面差人出去，调集勤王之师，然后里应外合杀他，不想早已被人识破了。

你道这计被何人所识破？乃永宁公主是也。公主本在军中，见今日敬瑭忽命退军，心中颇疑，遂问敬瑭道："驸马何故退兵？"敬瑭就将差官之言告知，公主道："驸马中计了。当日妾在宫时，张后并未有孕，今如何会生太子？恐赚驸马撤去重围，然后暗暗差人调取勤王之师，来攻驸马耳。"敬瑭听了公主之言，便欲命三军围城。公主道："何不将计就计，则破城必矣，只恨少一人为内应耳。"军师桑维翰应道："将军与公主勿忧，末将倒有一人可做内应。"敬瑭忙问道："将军有何人可做内应？"维翰道："末将有一故人，现居排阵使之职，姓舒名必达。待末将修书一封，将军可密令人送去，其事必成。"敬瑭大喜，忙叫维翰写好了书信，差人前去递送。不一时差官回报，舒必达已允，约今夜三更，以城中火起为号,里应外合,杀入城中。敬瑭得信,忙即遣兵拨将,预备劫城。原来公主识破了张后之计,以为此时城中必须无备,只要有人接应,乘此杀入,便甚容易。所谓将计就计,不想果被公主算着。是夜到了一更之时,敬瑭便催动兵卒,暗暗前进。及到城下,已是二更。城中却毫无动静,诸军个个都仰头观望,直等城中火起,好预备厮杀。看看到了三更,忽见东南上烈焰冲天,东门早已大开。敬瑭便挥兵直入,唐朝文武百官,个个都从睡梦中惊醒,吓得魂不附体。那一班武官,不是这个拿了一把刀,想来杀敌;就是那个骑着一匹马,思去逃生。恰都撞在这一班乱军之中,如何可以杀得敌,逃得生?枉自来送了性命罢了。

当日敬瑭直杀到五凤楼前,帝与张后从睡梦中惊醒,知城已破。废帝随即起身,直奔玄武楼来,便命太监放火自烧而死。此时张后已被宫人捉住,只待敬瑭发落。敬瑭见兵已入城,四处烈焰冲天,随命众人救熄了火。已是天明时候,便入长朝殿坐下,问废帝与张后何在。刘知远道:"废帝已在玄武楼烧死,有传国玉玺在此。"命宫人就将张后送上,敬瑭见之,果然美丽非常,大有怜惜之意。桑维翰见之,也不待敬瑭之命,就令推出去斩了。敬瑭又将旧时诸臣召至,欲立唐后,手下诸将不从,便奉敬瑭为帝。是为后晋高祖,国号大晋,改元天福。大赏功臣,后唐遂灭。

活捉孙飞虎

国韵小小说

活捉孙飞虎

话说山西并州城南有一座大山,山上有四个高峰,直达霄汉,东有旷地一片,约六七百亩,山下周围,奔流瀑布,不通行人,巉岩峭壁,极其狰狞,只有东路可通镇州,北路可通并州,连这山三处地方,互为掎角之势,这山就叫作铁龙山。此时正值后晋高祖初立之时,天下纷纷,干戈未息。这山中就被一江洋大盗盘踞住了,积草屯粮,招兵买马,蹂躏得并州居民十室九空。这大盗是并州人氏,姓孙名叫飞虎,生得浓眉阔额,身长一丈,臂力千钧。自幼学得一十八般武艺,善使一把飞叉,所以浑名又叫作飞夜叉孙飞虎,倒是一位英雄。只可惜生性不正,不务正业,从小就喜偷鸡摸狗,到得后来为乡里不容,就将他赶逐出境,便占了此山,落草为寇的。

当日孙飞虎因被乡里逐去并州,只带得随身兵器,心下便想到镇州去,再作计较。这日刚走到山谷之中,只听得一声锣响,见半山中跑出数十喽啰,拥着为首的一个草寇,姓王名仁,手提一把大刀,大声喝道:"你是何人?敢从我这山中经过?"飞虎便挺身答道:"你不要问俺何人,俺且问你,这山本是通行要道,又不是你的,何以俺不能走呢?"那草寇也不答话,举起大刀,便来砍飞虎。飞虎也就轮动飞叉相迎,二人打了五十余合,不分胜负。只见那王仁跳出圈外说道："你莫是飞夜叉孙飞虎？果然是一个英雄，我今情愿与你共掌此山，不知你肯相从吗？"飞虎心下想道："俺今正要去处，却又杀他不过。今他既允俺共掌此山，俺不如暂且依他。如果后来有隙可乘，再设法除了他，这山岂不是俺一人独掌？"主意已定，便答道："难得大王收留，怎敢不依。"当下王仁便偕同孙飞虎上山，将山上四个峰头，筑成四个小寨，每人各管二寨。东西二寨归飞虎掌管，南北二寨归王仁掌管。当中造成一殿，名曰英雄会议殿，上设两把虎皮交椅，恰是二人的座位。专劫往来客商。这日王仁正值酒后，在英雄殿上，乘着酒兴，拿了一柄大刀，挥舞起来，不想失手将飞虎的一把交椅，砍去一角。有飞虎心腹喽啰报知，孙飞虎忍不住心头火起，拿了一柄飞叉，直奔英雄殿来。王仁见是飞虎，便将刀放在一边，下殿相迎。正待说话，不想飞虎手起叉落，一叉将王仁刺死殿下。自此孙飞虎便独占铁龙山。

却说，晋高祖天福三年镇州节度使安重荣，心怀不轨，原想叛反朝廷，只因手下兵士无多，生怕不能济事。有牙将张孟孙察知其意，这日正值安重荣在内厅之中，张孟孙见左右无人，便小语道："末将看主公近来非常忧愁，不知何故？"安重荣道："将军怎得知吾心事？"孟孙道："现在皇上荒淫无道，怎及得主公贤明。"重荣道："将军何出此言？"孟孙跪下泣道："主公不要欺我，我窥透主公之意久矣。"重荣叹道：

"现在天下盗贼纷纷，生灵涂炭。吾意要安民耳，只恨兵将不多，如之奈何。"孟孙道："吾闻并州铁龙山，兵精粮足，山主孙飞虎，本领亦甚高强。主公何不暗暗结合，以备他日之用？"安重荣听了张孟孙之言，便差了两个心腹将官，一名曾杰，一名刘真，皆郓州人氏，俱有万夫不当之勇，稍有些智谋，向在安重荣手下为两个押衙将官，颇得重荣信用。今重荣想联结孙飞虎，故备了些金银布帛，命二人前往，说通孙飞虎，就着他二人同守此山。二人奉了主公命令，便装束妥当，带了兵器，领了安重荣的书信，直奔铁龙山而来。这日到了山谷中，有喽啰看见，慌忙通报。飞虎闻知，便率了数十喽啰下山，问了二人来历。二人直言告知，将重荣书信递上。飞虎看了来书，便邀二人至英雄殿上。只见当中一把交椅，左右两旁，陈设着十八般武器。阶下排列着大小头目二三十人，连鼻息也无一点。屋梁当中写着四个金字"英雄宝殿"，果然森严威武。飞虎到了殿上，大踏步坐上交椅。二将不敢怠慢，也就站立一旁，听飞虎吩咐。飞虎坐下后，便命一位殿头目，取了两把一字交椅。放在下手，命二将坐了，乃道："今蒙你家节度使送俺这些金宝，不知有何事用得着俺？二位可告俺知道。"二将欠身答道："主公素仰大王威名，无缘结识，故特差小将等前来晋谒，愿结大王为心腹，共图大事。"飞虎大笑道："莫非你家节度使欲夺取天下么？不是俺大王夸口，我只动一动，不要说他这皇帝是石的，就是铁的金的，也要杀得他如肉浆一般。教你家节度使不要怕，总有俺大王便了。"

曾杰、刘真听了心中好笑，却不敢笑出来，只得说道："全赖大王神威，若能把他杀死，夺了天下，那时我家节度使，情愿与大王平分。"飞虎听了，喜不自持，随命喽啰摆酒肴来。只见山禽野兽，摆满一桌。飞虎自己上座了，乃命曾、刘二将对面坐下，直吃得杯盘狼藉，酩酊大醉而散。这夜曾、刘二人，遂在山上歇下。次日天明，孙飞虎便竖起旗号，招兵买马。又经曾、刘二将同心协力地指点，先将四个山寨，周围筑成一座城池似的，四寨相连，中有大道可通；又在山下东北两条甬路上，两头用石砌成两个栅栏，如铁桶一般；又将英雄宝殿改造大了数倍，将这山上布置得非常坚固。莫说你十万八万的人马，也是杀不进去的。这日三人正在山上操练，忽见一小喽啰前来报道："东关下来了二个英雄，率领二三百人，说是前来相投。"飞虎道："待俺去看来。"曾、刘二人在旁说道："某等也愿同往。"当下三人到了东关，只见那来的二人，也是绿林打扮，身穿一字排襟，十分威风。曾、刘二人开口问道："你二人是何处人氏，一向作何事业？"二人答道："俺们乃泽州人氏，兄弟二人，名叫萧龙、萧鲸，一生只会杀人放火打劫。离此不过三五百里，已有一座小山，就被我兄弟占了。只因其地荒僻，没甚滋味。近闻此处招兵买马，就把那山烧了，来此相投，望你家大王收纳。"当下飞虎也就收了下来，将山上的四个山寨，就分给四人把守。曾杰把守东山，刘真就把守西山，南北二山，便是萧龙、萧鲸，二人把守，飞虎就居在英雄殿上。曾、刘二人，本来有些智谋，飞虎倒也相信他们，遂又以二人为军师。一年之中，已招足人马二十余万，抢了金井关，以为屏蔽。又收得二员大将，一名戴礼，是幽州人；一名黄文宝，是直北人。各使把大刀，舞起来时，真个无人敢敌。当日飞虎收下，就命他二人把守金井关。此时因粮草尚未足数，只等粮草一足，便兴兵杀上长安不提。

却说，此时正值闽王王延政作乱。晋帝便派了洛阳总兵刘智远带兵前去征剿，足足战了一年，才将闽王捉住，解到京师，来见晋帝。晋帝犹未发落，只见两班文武齐奏道："今有四方告急文书，俱言镇州节度使安重荣，结连并州铁龙山草寇孙飞虎，聚兵二十余万，意要杀到京师，请主上早拨大兵，前往剿灭。"晋太史汪必达奏道："臣昨夜仰观天象，有毛头星横于紫薇垣，正应草寇造反。乞主上早遣上将，以除此患。若是迟缓，必有叛兵犯阙之祸。"晋帝听了众文武之言，忙问谁人可以领兵前去征讨。刘智远应声答道："微臣愿往。"晋帝准奏。遂加封刘智远为镇南节度使，总理天下兵马大元帅之职，拨兵二十万前往。智远领了旨意，便来到教场点齐人马，带了手下二员大将，一叫史弘肇，郑州荥泽人氏；一叫郭威，荆州羌山人氏，俱有万夫不当之勇，离了京师,飞奔并州而来。这日到了金井关,智远遂传令安营。那边戴礼、黄文宝二人,闻得此信,随即商议如何抵御。戴礼道:"吾闻刘智远手下有两员大将,十分勇猛。我们此时,不如紧守关寨,多备擂木炮石。这关险固,晋兵一时必难攻破。一面差人往山上请发救兵,俟大兵到后,再与厮杀如何?"黄文宝道:"晋兵此时远来,兵士必然疲困,若不乘此除之,还待何时?"便不问长短,拿了一把大刀,飞马跑到关前,排开阵势。只见晋营中史弘肇提刀出马,生得浓眉大眼,声如洪钟,大喝道:"来者何人,莫非来送死么?"文宝大怒,也不答话,举起大刀便劈过来。弘肇闪过,也就举刀迎战。两人左旋右舞,各逞英雄,战到五十余合,文宝刀法已乱,抵敌不住,拨马便走。弘肇追上逼开刀,轻舒猿臂,将文宝活擒过马来,捉回本营,来见智远,禀道:"末将已捉得一员贼将在此,请元帅发落。"智远见了这将,心下想道:"不如命他归降,自有用他之处。"因问了姓名,乃道:"你肯降么?"文宝道:"元帅留我残生,情愿投降,愿听效用。"智远遂命松了绑缚,收为裨将。这边文宝的败兵逃回关中,报知戴礼。戴礼道:"他不听我言,自取其祸,教我如何救得?"遂传命将士,将关上多备炮石弩箭,严防紧守,一面差人往山上告急。

智远收了文宝,仍命弘肇率兵前往攻关。关上炮石弩箭,如雨一般地打将下来,人不敢近。回报智远,智远遂与文宝商议道:"现在攻关不下,欲借将军一用,将军肯相从否?"文宝道:"元帅如有命令,小将敢不遵从。"智远道:"吾看这关势甚险,一时不能攻破,想用诈降之计,里应外合,以破此关,请将军一行。"遂附耳低言说道:"将军此去,只须如此如此,便可成功。"文宝依了智远言语,即于当夜二更过后,一人一骑,到了关下,大叫开关。关上军人认得是文宝,忙报知戴礼。戴礼随即亲到敌楼上来看,关下果是文宝,便令开关,将文宝放入。文宝入帐说道:"吾悔不听公言,致被拿去,只得权且顺降。今日吾闻说是长安有旨来,命智远回军,所以我乘其人马纷纷之时,即逃回来。我想我们何不就此机会,劫他营寨?"戴礼道:"此恐有诈。"文宝道:"此系吾亲自听得,何得有诈?我愿领兵先行,公可随后杀来。我劫左营,公去劫右营,杀到中营取齐。"戴礼被文宝一阵花言巧语,遂也信以为真。时已三更将近,二人就带兵马前去劫营。刘智远授计黄文宝之后,便传令史弘肇领五千人马,往关下埋伏。等他兵一出,即可乘势取关。又令郭威将左右二营人马,率往四下埋伏,但见中军火起,一齐杀出。二将遵令各去行事。然后智远亲自将中军兵领出埋伏,专等戴礼前来,预备厮杀。当下戴礼与黄文宝到了晋营,只见黄文宝早已冲入左营去。戴礼信以为真,便也一马冲入右营,恰是一个空营。戴礼知道不妙,忙杀向中营,来会文宝。比到中营,不见文宝,只见火光烛天,四面喊声震地。戴礼大惊道:"吾中奸人之计了!"急令回关,不想晋兵蜂拥而至,戴礼不敢恋战,杀开一条血路。走到关下,只见关上火把齐燃,已被晋兵占了。戴礼见了,拨转马头,从西杀去,迎面适遇着郭威。此时戴礼已惊得心慌胆怯,不提防被郭威一刀,斩于马下。

当日智远见戴礼已死,遂传令鸣金收军。诸将领兵集入关中,次日又传令进兵,兵到铁龙山,仍安下三个营寨。左是史弘肇,右是郭威,黄文宝留在中军。安营已毕,早有喽啰报入山中,飞虎遂传集曾、刘、龙、鲸等人,商议御敌之策。曾、刘二人道:"吾看此山甚险,依小将等意见,只守不战。我们现在尚有十年粮草,彼军远来,至多不过数月之粮。到了粮尽之时,必然退兵,然后袭击之,中原可得也。"飞虎不听,便欲自出马,萧龙、萧鲸道:"不须大王烦神,待某等去擒来便了。"萧龙、萧鲸到了关下,萧龙就遇着郭威,萧鲸却遇着史弘肇,便各自大战起来。战到四十余合,郭威把铁矛用力一拖,萧龙早已连人带马跌下来了,郭威随后又是一矛,将萧龙刺死。萧鲸见萧龙已死,心上吓一大惊,又被史弘肇刺死。败残喽啰逃上山去,报知飞虎。飞虎遂有些害怕,只得吩咐紧守,不许出战。

却说,刘智远日日在山下叫战,却不见有人来杀。看看相持有一月之久,军中粮草渐空,正在纳闷。忽见郭威入帐禀道:"末将今日在东关捉住两个喽啰,留在营中。末将今日愿打扮着喽啰模样,到他山上,探个实在,特来禀知元帅。"智远道："此计甚妙,可急行之。"当下郭威将好言安慰喽啰,命一人将腰牌、衣服脱下,自己穿戴起来,就同了一个喽啰,混入关去。只见山谷中峭壁巍峨,难以破得。正走之间,忽然不见同来喽啰,心下惊疑。只见那喽啰已站在一个高冈上,向他招手。郭威四面一看,见山旁有一洞,洞中黑暗。郭威便大着胆跑进洞中,行了几步,忽然开朗。遂随喽啰走到冈上,周围一看,幸无一人识破。远远望见关上,尚有三五十人守着。郭威便拿了一把大刀,奔上关去,把那把守的三五十人都砍死了,并未逃脱一个,以此孙飞虎无由得知。郭威杀了守关的三五十人,便大开关门,来报智远。智远遂率史弘肇同郭威带了一千人马,暗暗奔入关中,依旧从洞中上去。到了山上,智远便令一千人分散四处埋伏,齐声喊捉孙飞虎。飞虎从梦中惊醒,不知晋兵怎样杀上来的,忙拿了一把刀出来厮杀,却被郭威接住。东山曾杰听得也从梦中惊醒,连忙杀来,被刘智远接住。西山刘真奔来时,又被史弘肇接住。这三个草寇,如何敌得住只三员大将。战到二十余合,郭威大喝一声："逆贼往哪里逃！"将刀一格,轻舒猿臂,把飞虎生擒过来,教军士绑起。曾、刘二人,见飞虎被捉,正欲逃去,被史弘肇一切一个杀了。刘智远破了铁龙山,捉住孙飞虎,就将山上粮草点齐,运下山来。一面传令将孙飞虎磔死示众,放火烧山,搜尽巢窟。镇州节度使安重荣闻知,早已吓得心惊胆战,便自缢死。手下的人,遂将安重荣尸首送到智远营中,请免兵临境,智远准了,遂班师而还。看官你道,这安重荣放着堂堂一个节度使不做,却要勾结草寇,造起反来,以致家亡身死,岂不是活得不耐烦?真真何苦来。